16	3	2	13
5	10	11	8
9	6	7	12
4	15	14	1

Este livro, publicado no âmbito do Programa de Apoio à Publicação 2024
Atlântico Negro da Embaixada da França no Brasil e da Temporada Brasil França 2025,
contou com o apoio à publicação do Institut Français
assim como com o apoio do Ministério da Europa e das Relações Exteriores.

*Cet ouvrage, publié dans le cadre du Programme d'Aide à la Publication 2024
Atlantique Noir de l'Ambassade de France au Brésil et de la Saison France-Brésil 2025,
bénéficie du soutien des Programmes d'Aide à la Publication de l'Institut Français
ainsi que du soutien du Ministère de l'Europe et des Affaires Etrangères.*

Patrick Chamoiseau

CONTOS DOS SÁBIOS CRIOULOS

Tradução
Raquel Camargo

Posfácio
Edimilson de Almeida Pereira

editora34

EDITORA 34

Editora 34 Ltda.
Rua Hungria, 592 Jardim Europa CEP 01455-000
São Paulo - SP Brasil Tel/Fax (11) 3811-6777 www.editora34.com.br

Imagem da capa:
Hector Hyppolite, Oiseaux, fleurs et panier rose, *c. 1947, óleo s/ madeira, 56 x 72 cm, Figge Art Museum, Davenport*

Capa, projeto gráfico e editoração eletrônica:
Franciosi & Malta Produção Gráfica

Preparação:
Jean-François Palmieri

Revisão:
Alberto Martins, Livia Campos

1ª Edição - 2025

CIP - Brasil. Catalogação-na-Fonte
(Sindicato Nacional dos Editores de Livros, RJ, Brasil)

Chamoiseau, Patrick, 1953
C598c Contos dos sábios crioulos / Patrick Chamoiseau; tradução de Raquel Camargo; posfácio de Edimilson de Almeida Pereira — São Paulo: Editora 34, 2025 (1ª Edição).
96 p.

ISBN 978-65-5525-241-5

Tradução de: Contes des sages créoles

1. Literatura francesa. 2. Literatura martinicana. I. Camargo, Raquel. II. Pereira, Edimilson de Almeida. III. Título.

CDD - 840

CONTOS DOS SÁBIOS CRIOULOS

Nota da tradução

Atenta à sugestão de Patrick Chamoiseau de não explicitar demais os contos, de deixar que algumas palavras apareçam em sua estranheza, esta tradução acompanha o movimento que é próprio aos Contadores crioulos: velar desvelando; revelar, velando...

Assim, escolhemos manter — sem adaptações — as interjeições que permeiam todo o original, como "Ooo", "ho" ou "Ô", que reproduzem sonoridades de língua crioula e encontram ressonâncias em algumas partes do Brasil. Na mesma linha, optamos por preservar, com mínimas adaptações fonéticas, onomatopeias que dão ao texto um caráter lúdico, como "flap", "Glufe", "niá niá niá". Por fim, buscamos restituir modos de dizer que produzem uma diferença na língua francesa e que foram transferidos, por diversas estratégias, para o português.

O resultado, assim esperamos, é um texto que possa ser lido em seu ritmo próprio, em sua poeticidade e oralidade próprias e que, de certo modo, soe "crioulo em português" — ou, ao menos, deixe vazar modos do dizer crioulo martinicano que, em sua potência de língua mestiça, produzam inflexões em língua e ouvidos brasileiros. Ou ainda, para falar mais próxima ao Contador, que esses contos possam ser lidos à noite, de preferência numa cadeira de balanço com seu rangido reconfortante, sempre pronta a embalar sonhos...

Prefácio, os contos da sobrevivência

Ô velhos paroleiros, mestres da zombaria, contadores crioulos das noites em vigília, sim, vocês, colhedores do verbo entre os desesperados, assumo a palavra ali onde a deixaram, tão livre e infiel como eram vocês mesmos.

Martinica. Séculos XVII e XVIII. Primeiro, imaginem a noite em uma dessas grandes plantações de cana-de-açúcar chamadas de engenhos. Os campos se esvaziaram. No topo da colina, a casa branca do senhor conheceu o brilho das noites em família, depois desapareceu sob o efeito do sono. Tudo dorme: o gestor, os feitores, os molossos da Europa e os cãezinhos crioulos.

No sopé da colina, no vilarejo dos escravizados, um personagem emerge de um dos casebres de pretos. Os escravizados estão lá, sob uma velha árvore, eles o aguardam, o esperam. Esse homem, porém, nada tem de especial; de meia-idade, não é nem mais nem menos insignificante do que os outros. À luz do dia, é apenas um preto das canas-de-açúcar que trabalha, sofre, transpira e convive com o medo, com a revolta contida.

Talvez até ele seja mais discreto do que qualquer outro.

Mas à noite, uma exigência obscura dissipa sua lassitude, apruma-o, habita-o com uma força noturna quase clandestina: a da Palavra da qual ele se torna Mestre.

É o Contador.

Nossos contos e nossos Contadores datam do período escravagista e colonial. Suas significações profundas só podem ser discernidas em referência a esse período fundamental da história das Antilhas. Nosso Contador é o porta-voz de um povo acorrentado, esfomeado, que convive com o medo e com estratégias de sobrevivência. Para expressar isso, sua Palavra (os contos crioulos) misturou o bestiário africano (baleia, elefante, tartaruga, tigre, compadre coelho...) a personagens humanos ou sobrenaturais (Diabo, Bom Deus, Cétoute, Ti-Jean horizonte...), de influência mais nitidamente europeia.

Se sua função lúdica é inegável (que solo mais fértil à esperança do que o riso quando se tem de viver de forma infernal?), os contos constituem globalmente uma dinâmica educativa, um modo de aprendizado da vida ou, mais exatamente, da sobrevivência em país colonizado: o conto crioulo diz que o medo está presente, que cada canto do mundo é aterrorizante e é preciso saber conviver com isso; o conto crioulo diz que a força aberta é precursora da derrota, do castigo, e que o fraco, contando com artimanhas, desvios, paciência e espertezas que nunca são pecados, pode vencer o forte ou agarrar o poder pelo colarinho; o conto crioulo mina o sistema de valores dominante, com todas as sabotagens da imoralidade, quero dizer, da amoralidade do mais fraco. No entanto, ele não tem mensagem "revolucionária", suas soluções para os reveses não são coletivas, o herói é solitário, egoísta, preocupado apenas com a própria fuga. É por isso que podemos pensar, como propõe Édouard Glissant,[1] que há um desvio emblemático, um sistema de contravalores ou de contracultura em que se manifestam simultaneamente uma

[1] Édouard Glissant, *Le Discours antillais*, Paris, Seuil, 1980.

impotência de se libertar globalmente e uma obstinação em tentar fazê-lo.

O Contador crioulo é um belo exemplo dessa situação paradoxal: o senhor sabe que ele fala, o senhor tolera que ele fale, às vezes até, o senhor escuta o que ele diz; sua Palavra deve, portanto, ser opaca, enviesada, de uma significância difratada em mil migalhas sibilinas. Sua narração gira em torno de longas digressões bem-humoradas, eróticas, muitas vezes esotéricas. Seu diálogo com o público é incessante, pontuado por onomatopeias e efeitos sonoros que visam tanto atrair a atenção como subtrair dos seus propósitos qualquer evidência perigosa. E, aqui novamente, Édouard Glissant tem razão em observar que seu projeto é quase o de velar revelando; formar e informar na hipnose da voz ou no mistério do verbo. Quando sabemos, por exemplo, que foi preciso nada menos que uma lei, uma portaria, uma circular ministerial e um decreto governamental (1845-1846)[2] para que os senhores *békés*[3] decidissem distribuir entre seus escravizados algumas libras de farinha de mandioca e dois ou três pedaços de bacalhau por semana, fica fácil entender por que nossos Contadores fizeram da fome uma obsessão do conto crioulo e da comida um cobiçado tesouro. Uma vez dito o conto, nosso Contador se apressa para não ser levado tão a sério, para mostrar que ele não é ninguém, nem ele nem aqueles de quem acabou de falar: "Me deram um pontapé e vim até aqui lhes contar tudo isso...".

[2] Citado por Aimé Césaire e René Méril em "Introduction au folklore martiniquais", *Tropiques*, nº 4, 1941.

[3] Brancos nascidos nas Antilhas francesas, portanto crioulos, descendentes dos primeiros colonos. (N. da T.)

Pois bem! É em homenagem a essa estratégia que não quis esclarecer demais os contos que vocês irão ler, e que pedi para que evitassem o glossário. Deixem-se levar pelas palavras estranhas, pela magia subterrânea e, principalmente, só leiam essas histórias à noite (como eu, que só as escrevo nas horas de lua, por medo de ser transformado em balaio sem alça, como dizem os velhos Contadores, já se divertindo por saberem que nunca, oh, nunca, vou tirar a prova...!).

Patrick Chamoiseau

A mais bonita está embaixo da cuba

Ô, a fala inútil sempre encontra a sua vez, ainda mais quando se trata de uma fala de pássaro. Foi assim que existiu, num canto qualquer do país, no tempo em que o diabo era moleque, um papagaio cuja fala havia silenciado. Enquanto qualquer bicho conversava por toda parte, nosso papagaio só sabia balbuciar: "Ô, la pli bel anba la bay, A mais bonita está debaixo da cuba!". O que não fazia nenhum sentido, e diziam que o pobre pássaro era vítima da velhice. E lhe perdoavam o barulho diário de sua fala inútil acompanhando suas asas:

Lapli bel anba la bay
Lapli bel anba la bay
Lapli bel anba la bay.

Ele parecia se divertir com isso. E tanto melhor, pois era o único. Mas chegou um momento em que as palavras ganharam sentido, por isso vos incito a invocar a paciência quando um mistério persiste. No território do pássaro, havia um casebre habitado por uma mamã e suas duas filhas. A primeira delas se chamava Armansia, negrinha desengonçada, de olhos pequenos, boca pequena e orelhas pequenas, mas com o maior dos piores temperamentos. Isso, como bem se sabe, favorece as espinhas e não contribui muito para a beleza. Já a segunda filha, ao contrário, era uma formosura, quero dizer que ela tinha tanto de coração e de alma que uma luz habitava seu rosto. Chamavam-lhe Anastasia.

Seus gestos tinham a graça das palmas dos coqueiros. Ela andava como o vento dança em meio às glicéreas. Mas sua mãe não tinha por ela nenhum afeto. Ela se lembrava do terrível dia do seu batizado, quando uma demônia apareceu entre nós. Para ser sincero, foi o único batizado que não lamento ter perdido. Não que tenha sido escasso o comer (serviram, diz-se por aí, carreadas de peixes, etcétera de frango grelhado, patês em tigelas generosas), ou que houvesse faltado à música uma pitada de sal (dezessete tambores e bons sopradores de flauta), mas somente porque, no meio do banquete, apareceu uma bela senhora. Trajava um vestido de madras vermelho, adornado com antigas rendas, babados e joias que refletiam uma luz esquecida. Sua roupa arrastava no chão, modificando ligeiramente a cor do mato selvagem. Numa casa de batizado, o acaso pode ser convidativo, a tal ponto que apesar de sua estranha aparência, a bela senhora foi acolhida por corações palpitantes. Ela quis ver a bebê Anastasia, tomou-a nos braços, embalou-a, beijou-a, passou as unhas em seus cabelos e a colocou de volta. Em seguida, a senhora pediu para lavar os pés. Levaram-lhe uma bacia que ela cobriu com o vestido. Enquanto mergulhava os pés na água, ouviu-se uns tik-tik-tik de uma coisa dura se chocando contra a bacia. Ninguém deu muita atenção, aliás, para que perturbar a festa?

A bela senhora bebeu, comeu, dançou quadrilha martinicana e exibiu seus belos dentes em sorrisos de cristal. Ao amanhecer, renovou sua cerimônia com Anastasia, mas ao abrigo dos olhares: o cansaço e o rum haviam embaralhado pernas e cabeças. Ainda assim, ela foi vista indo embora, pois debaixo do seu vestido ressoou um galope de cavalo. A ressaca se esvaiu das pálpebras diante do espetáculo de suas saias, que ela levantava (relinchando em alto e bom som) para exibir os cascos amarelados onde terminavam seus tornozelos. Uma demônia, ninguém duvide! (Ô, esses batizados não são para mim!) Viram-na desaparecer em uma árvore de onde surgiu o papagaio imbecil, gritando uma fala disparatada:

Lapli bel anba la bay
Lapli bel anba la bay
Lapli bel anba la bay.

Ver uma demônia no batizado da filha não é algo que contribua para o amor materno. Foi aí que a mamã desconfiou de Anastasia, depois a temeu e, por fim, a odiou. E inventou um tantinho de escravidão para ela: carregar carvão, preparar brasas engolindo muita fumaça, limpar fundo de panelas eternamente pretas, lavar roupas no rio e trabalhar na terra (capinar, ancinhar, semear, escavacar covas de inhame, passar dias inteiros em plantações de cana na época da colheita). Não tinha nada de invejável nisso: antes ela do que eu. Mesmo porque o trabalho parecia lhe deixar bonita, mais bonita, quer dizer, bonita-bonita-bonita. A mamã, que com o tempo não melhorava (sua preferida tampouco), a odiava ainda mais (eu ia dizendo, ainda mais belamente).

Então veio o dia do destino. No campo, Anastasia se ocupava semeando cenouras, arrancando ervas daninhas dos sulcos incipientes. Apesar do suor e do cansaço, ela cantarolava canções que vibravam nos corações. Um cavalheiro a ouviu, deu meia-volta em seu cavalo e veio escutá-la. Ao vê-la, pensou: "É a mais bonita!". (Ô a platitude das verdades!) Ele se aproximou de Anastasia, que então avistou um belo sujeito, de chapéu, botas, todo vestido de linho branco, com modos que vinham de um bom tipo. O cavalheiro lhe ofereceu um buquê de hibiscos que surgiu do oco de sua mão. E lhe perguntou: "Lapli bel ki non a'w? Ô a mais bonita, como você se chama?". Anastasia respondeu. Depois eles passaram o resto do dia conversando sobre cenouras, trocando sorrisos e se roçando um no outro. Não sabemos o que ele contou em matéria de viagens, quais horizontes de vertigens entornou em sua alma, mas sabemos que falou com ela, e falou bem. Por fim, fez questão de pegar seu endereço e prometeu voltar. O cavalheiro desapareceu na poeira brilhante levantada por seu cavalo. Com o humor em boa estação, Anastasia voltou para casa. Seus olhos de água fresca e a pitada sobressalente de beleza alertaram sua mamã, que não lhe poupou as perguntas. Anastasia lhe contou tudo, anunciando a visita maravilhosa. A mamã sentiu que havia um casamento no ar e pensou, sendo mais tarde sempre mais triste, que melhor era casar logo Armansia, antes que suas espinhas e seu astral mórbido a transformassem num cacto solitário (o que, tristeza ho, não era somente uma imagem).

No dia seguinte, o cavalheiro despontou a galope. Seu cavalo era como um sonho: não tinha ferraduras e corria com tanta graça que parecia em câmera lenta. A mamã havia trocado a palha do telhado do casebre, caiado a faixada principal, lustrado a terra batida do entorno, limitado o acesso das galinhas poedeiras e dos dois porcos pretos. Estava parada na soleira da porta, acompanhada por Armansia, rígida em um linho engomado, sobrecarregada por um perfume e um penteado bizarros. O cavalheiro, insensível a tudo isso, quis saber de Anastasia. "É uma moça malvada", resmungou a mãe, "negrinha sem sentimento, amarga como fel e cheia de maus hábitos..." Com a língua enrolada, ela afirmou que Anastasia tinha deixado a casa, depois a região e que, numa hora dessas, devia vagar pelo horizonte. Mal acabou de falar e Armansia se desmanchou em macaquices que tomava por charme. Ela o pegou pela mão, o fez sentar à sombra, ofereceu-lhe leite de coco, mostrou-lhe o jardim, os porcos, os carneiros e as galinhas do casebre. Mostrou-lhe até, diz-se, no alto de um tabique, a teia em formato de estrela de uma aranha de setecentos anos. O belo cavalheiro olhava essas maravilhas com pouco interesse. Dentro de si, só escutava a voz de Anastasia, só via as paisagens do seu sorriso, as joias do seu olhar, as suas maneiras mais belas. Pouco depois, chamou seu cavalo, montou nele, o fez relinchar de uma longa tristeza, e já se ia num irremediável trote, quando se ouviu:

Lapli bel anba la bay
Lapli bel anba la bay
Lapli bel anba la bay.

Louco como sempre, o papagaio havia entrado em sua incompreensível exaltação. Suas asas cansadas mal o sustentavam no ar. Com uma energia inabitual, ele subia, descia, roçava o bico em uma cuba virada de ponta-cabeça onde porcos e aves costumavam ir saciar sua sede. E até as aves interrompiam seu voo para presenciar o espetáculo. Achando o caso muito divertido, decidiram meter ali seu bedelho: um bando de marrecos, de tordos trêmulos, de melros-pretos, de beija-flores do caribe, de maçaricos-esquimós explodindo de excitação em cima da cuba. Intrigado (por menos também ficaríamos), o cavalheiro desceu do cavalo, apesar dos protestos da mãe e de Armansia, e foi olhar debaixo da cuba onde, bem sabemos, estava a mais bonita. A mamã a havia amarrado e amordaçado ali. Eles se beijaram e partiram a galope (sem olhar para trás) em direção às belezas imaginárias de destinos desconhecidos. Então o papagaio desabou tal qual uma lágrima sobre a madeira da cuba, como que liberto das palavras que um mistério antecipado lhe havia imposto, e que ele havia repetido sem nada entender durante quase vinte anos.

A Madame Kéléman

Bo-boa intenção, ô três vezes o conto é belo! Vou sacar aquele da senhorita Kéléman. Ouçam para entender, pois irão escutar como uma mãe, já em desgraça, deu à luz sua décima quarta filha, complicando mais ainda a impossível partilha do nada de comer no cotidiano da família. Essa mãe, para se livrar da filha com fé em Deus, a enviava a cada manhã aos perigos da floresta profunda, em busca de provisões inúteis e, sobretudo, inencontráveis.

Foi então que, um dia, ela lhe pediu: "Ma fi ho, vá lá buscar quatro vinténs de manteiga pra mamãe...". E fez como se fosse colocar quatro vinténs num caroço de manga (o único porta-moedas que a penúria permite nas bandas de cá). Sem pestanejar, a menina pegou o caroço e partiu rumo à floresta, em direção a lá se sabe qual lugar propício à compra de um pouco de manteiga. Indo, andando, ela passeou por tantos sonhos que perdeu o caminho e não o encontrou mais, nem na frente, nem atrás, nem mesmo na geografia, no entanto tão clara, dos sonhos de infância. À noite, ela topou com uma velha senhora, sentada como só essa idade sabe se sentar, à sombra de uma enorme samambaia. A menina lhe disse: "Manman ho, an pèd latras, Eu perdi o meu caminho". Então a velha senhora, doce feito mel, a levou ao seu casebre na floresta, um casebre de palha, feito de ossos e penas de pássaros brancos, com um telhado de cocos secos soldados pela baba de aranhas sem teia. Era, em todos os aspectos, um desses casebres de quimbandeira, que, em outros lugares, é chamada de feiticeira. Mas a menina de nada sabia, pois o que não sabia era de longe maior do que ela. No interior, muito escuro, a chama imóvel de vela imunda iluminava apenas uma cadeira de balanço, onde a velha senhora se sentou rangendo. Foi quando a garotinha gemeu: "Man, fal mwen flo, Mamã, tenho fome". A velha respondeu com uma voz pastosa de gengiva mole: "E eu, é sede o que tenho, sede, estou sempre com sede! Vá buscar para mim, pois então, um tantinho de água da fonte, depois te darei todo o comer que você quiser...". A menina fez (pra valer) uma viagem de água que a velha engoliu, gluf! Depois outra viagem, seguida de outras viagens, e quanto mais trazia cabaças de água, mais a velha engolia, engolia, engolia, era de se pensar que sua garganta estava ao sul dos calores de um deserto. No momento da exaustão, a menina gemeu: "Tenho fome, ô tenho fome!...". A velha senhora disse: "Oo ma fa, quando você encontrar o nome de mamã, mamã vai te dar todo o comer que você quiser, manteiga e até o caminho certo para chegar em casa! Mas, pra começar e antes de tudo, encontre meu nome...". E em sua arte de desaparecer, se tornou invisível.

A menina permaneceu sob o clarão imundo da vela, com as sombras da cabana vivas ao seu redor, sombras que adquiriam formas e depois se distorciam como véus ao sabor do vento, sombras de olhares sem olhos atraídos pelos medos de sua pele. Quando a luz da vela tremeluziu em cores agonizantes, a menina se desesperou. A cascata de suas lágrimas foi de uma angústia tão grande que uma cobra *grand-bidime* escorreu das sombras. Não era uma cobra qualquer, mas uma serpente enorme e muito grossa que se aproximou com modos de cão adestrado e até roçou a cabeça em suas pernas para lhe tranquilizar (o que, a este que vos fala, não teria tranquilizado nem um pouco, mas, infelizmente, não sou mais criança!). Depois, lhe confidenciou: "Ni yonn dé bèt anba bwa-a ki konnèt non'y, fouyé pala, Alguns animais da floresta sabem o nome dela, procure desse lado". A menina, apesar da noite, tratou de descer em direção à densa floresta. Nas catedrais de bambu, ela interrogou vinte e dois mil ratos que ignoravam o nome da madame. Caminhou por baixo das folhas aveludadas onde os lagartos papa-vento acordaram ignorando o nome da madame. Escalou os pés de graviola onde gambás-de-orelha-preta interromperam seus banquetes noturnos para se desculpar por ignorarem o nome da madame. E nas águas pantanosas onde mergulhou os tornozelos, sapões e saponas nem sequer pararam seus amores acrobáticos para coaxar sua ignorância do nome da madame. No mais, para ser exato, permitam-me entrar em detalhes: nem *chouval-bois*, nem bichos de fogo em chamas, nem as aranhas-tigres, nem beija-flores guerreiros, nem percevejos-batatas, nem moscas yin-yin e mosquitos, nem mesmo essa lagarta de amor que adora mamar nas mulheres se mostraram sabedoras do nome da madame. A menina, desmotivada, desmaiou perto de uma nascente.

Ora, naquele tempo, os caranguejos viviam no frescor das nascentes, com suas sete mulheres-caranguejos, seus molhos de caranguejinhos e a companhia inesgotável de primos, afilhados e padrinhos-caranguejos. Era bonito vê-los, pois usavam na ponta do longo pescoço, sobre a cabeça alta, belos belos belos chapéus de palha com copa de ovo e abas achatadas. Ô, eles eram bem bonitos os caranguejos daquele tempo, e como a palha da copa do chapéu não lhes abafava a orelha, conheciam muito bem os fuxicos, as bisbilhotices os disse-não-disse das más línguas, os ouvi-dizer, os boatos, os anúncios fúnebres, as notícias da savana e, até mesmo, o que os brancos-França chamam de bobagens e balelas. E, como a verdade costuma se dispersar nesse tipo de coisa, os caranguejos responderam em coro à pergunta da menina:

A Madame Kéléman bradiman Kéléman
A Madame Kéléman bradiman Kéléman
A Madame Kéléman bradiman Kéléman
A Madame Kéléman bradiman Kéléman.

E eles diziam isso girando em torno da água ao ritmo da calinda. Mas com os caranguejos, o inconveniente é que, apesar de seus exuberantes chapéus de palha com copa de ovo e abas achatadas, apesar do longuíssimo pescoço e da cabeça de marechal, eles tinham muito mais patas do que inteligência, e mais pinças do que cérebro. Então, quando a menina pediu também um pedacinho de um comer, a direção do caminho certo de volta para casa ou uma dessas palavras que alimentam a coragem, eles só respondiam:

A Madame Kéléman bradiman Kéléman
A Madame Kéléman bradiman Kéléman
A Madame Kéléman bradiman Kéléman
A Madame Kéléman bradiman Kéléman.

A garotinha se cansou dessa história e voltou lentamente para a casa da senhora. Ao amanhecer, a velha chegou-chegando, juntando ao ranger de seus ossos o ranger da cadeira. “Então ma fi”, disse tremelicando, “você sabe o nome da mamã?” “An sav, Eu sei!”, sussurrou a garota. A velha madame interrompeu sua cantiga, encheu um cachimbo e o acendeu, tirou das dobras do vestido as trinta lagartixas frias que aliviam os calores, depois franziu os olhos em fendas, se preparando para saborear essa provação milenar na qual tantos desafortunados haviam encontrado o seu destino final. E sussurrou com uma voz malévola (como já havia feito antes setecentas e sete vezes, seis mil vezes e cento e sete vezes mais): "Se você não pronunciar meu nome, vou te comer aqui mesmo...!". Ô pavor! A menina perdeu a memória e gaguejou Charlottes, Jeannes, Genevièves, Thérèses, Armansias, Vovonnes, Manottes, Fidélines, Aristophanes e Sidonies, provocando tão somente uma risada sinistra na velha madame, que não dissimulava mais sua verdadeira natureza: uma minhoca parasita de planta formava cachos em seus cabelos, como dentes de boi idoso seus dentes ganharam força, suas unhas formaram garras e os seus pés, faça-me o favor, haviam se recoberto de um corno bífido, cinza e reluzente, chamado de casco pelos Contadores exagerados. Gulosa, ela já ia se levantando da cadeira de balanço, quando a menina gritou em vinte e oito velocidades:

A Madame Kéléman bradiman Kéléman
A Madame Kéléman bradiman Kéléman
A Madame Kéléman bradiman Kéléman
A Madame Kéléman bradiman Kéléman.

Ooo! A velha madame rodopiou em torno de si mesma, esperneando como se pequenas centelhas lhe consumissem cada pelo. "Você venceu, você venceu...!" E, de raiva, esmagava lagartixas e serpentes, arrancava bons tufos de cabelo, batia num coração que possuía do lado direito e choramingava pequenos cristais que lhe picavam os olhos. Ela ofereceu à menina todo comer que havia por lá: qualidades de gratinados, fricassês em série, variados caldos de peixe e diversas sopas gordurosas, desfiados e assados de carne. E por fim, lhe disse: "A casa é sua, com tudo que tem dentro dela...". E enquanto a menina comia — Ô se isso era comer! — a madame Kéléman (era de fato ela, sim, quimbandeira de vícios e feitiçarias, fofoqueira de pinico de mais de um velho zumbi, dama de pelos do rei dos morcegos, e quase segunda servente das cozinhas do inferno, sim, ela sim!), ergueu seu velho cutelo e partiu em represália nos primeiros raios do alvorecer. Os moradores da densa floresta, ao pressentirem sua presença, davam ar e espaço à sua raiva, a tal ponto que em seu caminho não cruzava uma formiga, nem sequer a sombra de uma formiga. Foi somente na savana que ela desentocou um touro de três chifres, chamado Bêf. E sem tribunal nem promotor, ela o acusou assim: "Bêf ho! É você mesmo, tá ouvindo! É você mesmo que sabe, que conhece e que disse que eu me chamo:

A Madame Kéléman bradiman Kéléman
A Madame Kéléman bradiman Kéléman
A Madame Kéléman bradiman Kéléman
A Madame Kéléman bradiman Kéléman."

Mas Bêf retorquiu: "Não sou eu, tá ouvindo! Não sou eu que sabe isso, não...". Madame Kéléman o encarou dos pés a cabeça enquanto ele tremia feito vara verde. Por pura maldade, ela lhe arrancou um chifre antes de ir embora (é por isso que, hoje, os chifres dos touros não passam de dois). Do outro lado da savana, a madame Kéléman surpreendeu uma mula de cinco patas chamada Milé, que não a viu chegar, extasiada que estava comendo uma grama rasteira. E sem tribunal nem advogado experiente, ela também a acusou. Milé lhe respondeu: "Não, não, não", numa saraivada só. Por pura maldade com sua inocência, a madame Kéléman lhe arrancou uma pata antes de ir embora (é por isso que, neste exato momento, as mulas são como vocês sabem).

Após uma nova ronda na floresta baixa, a madame Kéléman chegou à fonte onde residiam os caranguejos com seus pescoços extravagantes, suas cabeças cerimoniais, seus chapéus de carnaval com copa de ovo e abas achatadas. Os caranguejos estavam numa comoção só, pois uma de suas mulheres-caranguejos ia ser mãe de uma bela ninhada. Todos se aprontavam para o acontecimento. Alguns se preparavam para ir atrás de uma dessas parteiras que sabem bem como dar à luz. Então, do seu jeito, sem tribunal nem advogado de traquejo, a madame Kéléman os acusou: "Krab ho! São vocês mesmo, tão ouvindo! São vocês mesmo que sabem, que revelaram que eu me chamo...". Mas, antes que ela terminasse, os caranguejos enfurecidos com aquela falta de respeito, lhe gritaram na cara, espumando de raiva: "Fomos nós mesmos, nós mesmos, bruxa velha! Fomos nós mesmos, cachorra sem dono! Sim, fomos nós, gengiva banguela! Fomos nós que revelamos a canção do seu nome:

A Madame Kéléman bradiman Kéléman
A Madame Kéléman bradiman Kéléman
A Madame Kéléman bradiman Kéléman
A Madame Kéléman bradiman Kéléman."

E se puseram a dançar uma calinda frenética que levou a madame Kéléman a uma loucura de raiva e lágrimas, dessa que reduz as rugas, mas dá cabelos brancos. Ela levantou sua espécie de cutelo talhado num ferro de desgraça, afiado na pedra dos desastres, e o tacou badabrá! no grupo de caranguejos. Ô chorem por eles! A sua canção voou pelos ares. Seu chapéu de casca de ovo e abas achatadas se afundou em seu longo pescoço. E sua cabeça orgulhosa, a orgulhosa sim, foi esmagada por uma grande tristeza, e se misturou ao restante do corpo (é por isso que, hoje, os caranguejos não possuem cabeça). Apesar da devastação, o grupo de caranguejos continuou clamando sob o sol o nome da madame. O eco de suas vozes atravessava as florestas densas, escalava as casuarinas, e dali se lançava em direção ao inesgotável firmamento dos ouvidos, dos oradores sem graça, dos reveladores de segredos, dos relatores de casos, e em direção àquela qualidade tão detestável dos que escrevem, e reescrevem, as histórias que permanecem no oco de seus tímpanos.

O nome da madame ficou tão conhecido de todos que ela pensou que nunca mais conseguiria água submetendo os desgarrados ao seu enigma milenar. Em algum lugar de si própria, ao que parece, se misturaram muita mágoa e piedade, raiva demais, e ela se tribuchou, jeito crioulo de se estrebuchar com grande espetáculo, e foi uma pancada tão forte que a terra se abriu como um livro de sofrimento e se fechou sobre ela como uma bíblia do destino. Essa parte da terra ficou tão insalubre que se vê surgir ali (em horas como essa) a planta espinhosa que os *békés* chamavam de "planta de parar negros" e que cultivavam no tempo da escravidão. A madame desapareceu no momento em que a menina acabava o seu comer. Com uma luz esplêndida, as sementes de encantamento se romperam em torno dela em longas caudas de faíscas. A velha casa de palha de ossos e penas de pássaros brancos se tornou bela, de uma madeira perfumada que só existe na Guiana. Os sapos se tornaram jovens cantores. As lagartixas e as pequenas cobras, negrinhas de olhos piscando em sonhos desapressados. Quanto ao resto, foi tudo riqueza: plantas imortais de inhames e frutas-pães azuis, cristais de lágrimas com promessas de diamantes, sementes de fecundidade, pencas de grana pesada que a madame extorquia, tambores-ka que soavam de memória e palavras esquecidas da língua crioula que a madame espremia em cabaças secas para se embriagar ao ouvi-las. A menina, se diz por aí, viveu bem bem contente com a grande cobra que se tornou bom moço. Sua casa é tão aberta a todos que os vagabundos como eu sempre dão um pulo lá depois dos contos para saciar a sede e cantarolar sua beleza.

Uma semente de jerimum

Conta-se a história de uma velha dama de quem nem as rugas, nem os sofrimentos da idade, nem mesmo a solidão e as ingratidões conseguiram arrancar o coração. Há pessoas assim: sua carne é feita de bondade, seu olhar, de ternura, e suas mãos são primaveras de carícias. Essa velha senhora vivia *en chinpontong*, jeito crioulo de dizer que alguém vive na pindaíba. Seu casebre era de palha. Seu colchão, de grama seca. Sua única riqueza era uma garrafinha de rum canforado que lhe aliviava as conhecidas dores. Ela comia agrião, e mais agrião, e já não tinha nem forças para passar a mão sob as pedras dos rios onde vivem esses pitus que chamamos de *zabitan*. Ela era, portanto, a melhor amiga da fome, o que demonstra a qualquer filosofia vã que uma amizade nem sempre é, necessariamente, um prazer de vida.

Uma bela manhã, a velha senhora partiu floresta adentro. Ia a pequenos passos colher galhos de campeches, alimento das boas fogueiras. Ia quando percebeu, de repente, um sacudido de asas num tufo de capim. Não era nem beija-flor, nem melro-preto, nem pisco-de-peito-ruivo, nem saí, nem cigarra-de-cara-preta, era um passarinho que a língua crioula nunca havia nomeado; quanto à língua francesa, ela nem mesmo desconfia que ele possa existir. O pássaro estava ferido. Ela o colocou junto ao peito e o levou ao seu casebre. E aquela senhora que há muito tempo não saboreava carne, não mastigava um peito de frango, não chupava um osso de ave, naquele dia só pensava em cuidar do animal: uma gotinha de rum canforado na pequena ferida, uma lágrima de água adoçada no bico ressecado, carinho nas plumas, cafuné na orelha, um cobertor de algodão para aquecer o medo. Quando chegou a hora de comer, ela comeu seu agrião. Comeu também no dia seguinte, e no dia seguinte, e durante a fila de sucessivos amanhãs. Atenta ao pássaro, ela o alimentava com o que tinha de melhor, o enchia de ternuras tantas que a ave, a cada noite, adormecia sobre sua bochecha ou nas cavidades profundas de suas clavículas. Na hora da saúde, ela o levou de volta à floresta, ao local exato onde o havia encontrado. Ali esperou (com o coração apertado) que ele voasse de um jeito bonito. Depois, voltou às tristezas do seu casebre, agora reforçadas pela nova tristeza da partida do pássaro.

Ela voltou a vê-lo apenas um tempo depois: uma ponta de asa carinhando enquanto ela colhia seu agrião do meio-dia. Era o pássaro. Ele planou acima do casebre e veio deixar a seus pés uma semente de jerimum. Depois voou, assobiando a alegria. A velha senhora plantou a semente a seu modo de carinho e ternura, regou-a dia a dia com uma água morna de dar gosto. Eu, nesse regime, teria florescido bem rápido. O jerimum não se fez de rogado: broto, caule, folhas, flores e primeiro jerimum. Fruto lindo, bem oval e robusto. Ô, nomeiem para mim esse prazer: a velha senhora que colhe o seu primeiro fruto, trêmula por escapar do agrião nesse dia. Ela não tinha nem sal nem tempero, mas quem se importa, a jerimunada ficaria boa, poxa vida...! Ela colheu o jerimum como se colheria bebês se eles dessem em árvores. Sobre a mesa, o abriu... O fruto estava pleno de um comer já cozido: ragu de carne de primeira misturado com arroz, e um verdinho de coentro de decoração. Seu banquete durou o tempo de três mordidas, pois, de agrião em agrião, seu estômago havia se tornado uma lembrança de estômago. Mas quanta bonança! A primeira mordida encheu o seu corpo com todos os cheiros de sua juventude. A segunda, esparramou cada gosto esquecido. A terceira pareceu preencher o espaço vazio dos seus ossos, os sopros do seu coração. Satisfeita, ela quis evitar o desperdício e levou o restante à sua vizinha, uma pessoa extremamente comum cujo único bem era um pimenteiro que ela vigiava com unhas e dentes. A vizinha se deleitou e rezou em voz alta. Depois, quis ver de perto o prodígio do jerimum: a cada dia, ao meio-dia, a árvore dava um fruto enorme cheio de um comer variado (às vezes, até sorvetes de chocolate). A velha senhora, sem uma reclamação, como de costume, perdeu a amizade de suas amigas esfomeadas.

Ela continuou sua vida numa espécie de felicidade, permitindo-se o agrião apenas como uma lembrança dos velhos hábitos. Mas a vizinha, embora tirasse proveito da boa sorte da senhora, calculava, calculava e calculava, gastando todo o seu tempo com a inveja. Tendo a velha senhora lhe contado diversas vezes a história, ela andou de um andar decidido a praticar uma boa ação. Procurou debaixo das folhas e no oco das raízes o pássaro ferido, a asa quebrada, o bico mudo de sofrimento. Nada, apenas belos pássaros em plena forma sobre os galhos. De raiva, ela alcançou uma pedra e a lançou num passarinho. Não era nem beija-flor, nem pequeno melro-preto, nem pisco-de-peito-ruivo, nem saí, nem cigarra-de-cara-preta..., era o que vocês já sabem. Ela o levou consigo, pôs sobre sua ferida um pouco de água da calha, colocou-o num pano surrado e foi embora roncar. Pela manhã, muito apressada, ela o expôs a um vento que o pequeno pássaro recebeu como pôde, atravessado numa asa. Nossa vizinha se pôs a vigiar o céu, ansiando pelo momento da semente. Ela veio, de fato. O pássaro a lançou sobre ela, sem sequer diminuir o passo. A vizinha a plantou, regou, a encheu de canções desafinadas, a tal ponto que o jerimum, após caule, folhas e flor, deu seu primeiro fruto. A vizinha o abriu de uma vez só, com uma baba no lábio. Ô esse gesto libertou um bacanal de cobras, aranhas, ratos gabirus e lagartos endiabrados, todos eles com a particularidade de tomá-la por mãe. Com suas gargantas frias, exigiam o peito. Senhoras e senhores, a vizinha colocou a mão na cabeça, a barriga no chão e as pernas no pescoço. Mais longe, mundo afora, não se sabe bem por que lado, ela embarcou num vento que nunca voltou.

O Homenzinho músico

A companhia dorme? Não? Então o conto é bom! É bom ter confiança em si mesmo, mas sem exagerar, pois de tanto confiar, se perde toda a medida. Uma palavra antiga lembra aos sapos que se incham de importância a desgraça do formidável Homenzinho músico que conhecemos nesta terra, por aqui por acolá. Esse negrinho havia nascido no momento em que um ciclone terminava num suspiro. Esse sopro sideral pairou sobre o vilarejo, acinzentando o céu, decapitando as árvores, espalhando-se como um formigueiro partido. Algumas vezes, ele se acercava de uma falésia, transmitindo em seu eco uma valsa triste. Outras, percorria os bambus dourados, cozidos de tanta idade, e os habitava com melodias fibrosas.

Os pretos velhos (pitadores de cachimbo na soleira dos casebres) o seguiam com olhos de mineral. Eles só baixavam a pálpebra para confessar, com um prazer inquieto: "Esse vento tão musical, Van tala sé mizik...". Certo dia, eles pegaram os tambores, improvisaram um violino, trouxeram do esquecimento os bandolins de outrora. Do alto de um morro, tocaram cadências em homenagem ao vento. E deu música. Um tipo de música que nenhum músico (nem mesmo um gênio da tafiá) jamais havia sonhado. Ô música de terra, de mar e de céu! Voos de pássaros vibravam nos solos. Insetos em festa tremiam com o refrão. Por toda parte, negros do campo ou das cidades, negros de suor ou de perfume se puseram a dançar, ô dançar, dançar sim, apesar das desgraças da vida. Mas, no tempo em que vos conto tudo isso, o negrinho cresceu e passaram a chamá-lo de Homenzinho. Seu ouvido rapidamente aberto escutou a música. Ele disse aos seus pais: "Falta-lhes a flauta, Mantyé yo pipo-a...". Num piscar de olhos, o rapazinho colheu o bambu certo, entalhou os furos exatos, fez todos os gestos precisos inventores aqui e ali das boas flautas de bambu. Ele se juntou aos velhos músicos sobre as colinas. Suas notas logo se incorporaram ao concerto do vento. Ô beleza! O último suspiro do ciclone perdeu a sua melancolia: viravolteou com vida nova, ricocheteou vinte nuvens e se foi como se vão os ciclones: com bom vento.

Desse acontecimento, os negros daqui preservaram a música e a dança. O Homenzinho foi homenageado de todas as maneiras possíveis. Chamaram-no de músico. Depois, de o maior dos músicos. Depois de Maestro. Depois de não sei qual outra babaquice. O Homenzinho esqueceu que sua idade se resumia a uma chuva e duas estações de manga. Esqueceu também que sua ignorância era maior do que ele. A tal ponto, para que se tenha ideia, que foi visto desobedecendo aos seus pais. Quando estes lhe diziam faça assim, ele fazia assado. Quando tocavam uma *biguine*, ele dançava mazurca. Para acabar com os protestos, bastava sacar a flauta e soprar sua música. Isso acalmava as raivas, desentortava as sobrancelhas, abria os punhos ao gesto do ritmo pacífico.

O Homenzinho músico era intocável. Ele se julgou invencível. Então (e aqui mora a história) acontece de seus pais voltarem com ele de uma busca por inhames selvagens nas profundezas de uma floresta. Eles demoraram mais do que o previsto. Uma sombra já ganhava espaço. Ora, a floresta por essas bandas é uma porta do inferno. Seus pais então lhe disseram: “Corra para se salvar daqui”. E eles próprios começaram a correr. Na medida em que se distanciavam, seus pais lhe imploravam para não desobedecer dessa vez. Ele respondia: “Quem pode vencer minha música? Saki pé lévé lan min douvan mizik mwen an...?”. E não corria. Pior, passeava, o olhar arrogante sobre a sombra espessa. Logo, tudo se fez negro. O negro das florestas profundas onde nada é imóvel, onde as vidas da outra-vida se põem a reviver. O Homenzinho flanava tranquilo sem sequer saber que os vagalumes que o viam passar viam também o que estava por vir. Quase morreu ao perceber, no desvio de um capim selvagem, um cavalo de grandes chifres que barrava o caminho. Sua flauta no oco da mão o tranquilizou. Ele esperou. Imóvel. Sabia que era inútil fugir do que possuía mais de duas patas. Até os vagalumes tinham se apagado. O pequeno vento, acariciador das folhas, havia se abrandado. Só restaram o silêncio e o silêncio, a escuridão e a escuridão, e reciprocamente. Então o cavalo disse assim: “La ou sôti, ti mal? De onde você saiu, machinho?”. Ele lhe disse também que, numa hora dessas, as crianças boas estavam todas no casebre de sua mãe. O Homenzinho levou o bambu aos lábios e soprou:

Péla man lou, Péla man li
Péla man li, Péla man lou
Corali belli, corali belli
Péli péla péli péla
Plam!

Ô, o cavalo chorou com essa música! Brilhavam sob suas lágrimas as luzes da alegria, do contentamento até. É uma prova de que ele não era de fato mau, apesar da sua pelagem emplumada, dos seus cascos espalmados, do seu rabo de saca-rolhas prolongado em barbatana e dos seus chifres impossíveis de contar, pois é verdade que, se um cavalo dá para ter chifres, ele não tem motivo algum para limitar o seu número. O cavalo finalmente diz, desse jeito, com uma voz revigorada: "Pasé monfi, mé lapli bel anba la bay, Passe meu filho, mas o melhor está por vir...". Eu estaria mentindo se dissesse que depois disso o Homenzinho andou. Digamos que ele cavalgou. Que deu no pé a galopes. Apenas cem metros depois, ele se deparou com uma velha espécie de vento quente e fétido, espécie de ranço de óleo frito e flores murchas. Bem à sua frente, se aproximando com olhos de fogo, brilhantes como a luz de uma fortaleza, ele avistou uma calamidade de carne, escamas e carapaça chifruda, amarelada de enxofre e chamas trêmulas. Vez ou outra, chamamos isso de dragão, mas com ou sem esse nome, o efeito é o mesmo. A calamidade gritou: "Ô ou sôti, ti mal" "De onde você saiu, machinho...?". Ela também gritou que numa hora dessas, as crianças boas estão no casebre de sua mãe. Sem responder, o Homenzinho se virou com sete manobras a fim de levar o bambu aos lábios e soprar:

Péla man lou, Péla man li
Péla man li, Péla man lou
Corali belli, corali belli
Péli péla péli péla
Plam!

Ô, a calamidade exibiu os mais belos dentes. Ela resplandecia de prazer. Suas pequenas chamas se exaltavam em vapores. Pelo abismo de suas narinas, ela farejava o cheiro leitoso do Homenzinho. A vontade de devorá-lo era o combustível de sua língua. Apesar disso, extasiada com a música, ela lhe disse: "Passe meu filho, mas o melhor está por vir...". Como dizer? O Homenzinho foi embora rápido, sim!... Pés na cabeça, olhos nos bolsos, braços nas asas imaginárias, ele correu, sim! Mas, por mais que corresse (e correu tanto quanto correr pode se escrever), ele nunca escaparia ao seu destino. Tudo ao redor crepitava: árvores, galhos, espelhos de sombra, escuridões imensas e minúsculas penumbras. Uma desordem de trinta e dois vulcões em que se discernia às vezes um estalar de galhos, provavelmente sem importância. O que ele viu como eu poderia ter te visto se eu visse você à minha frente? O que ele viu, ho? O que viu esse arrogantezinho, esse cabeça dura que mais parecia uma mula apesar de suas poucas orelhas?

Hum?

A besta de sete cabeças...

Catorze olhos de raios e de trovões. Dentes de agulhas, mais grossos que árvores, mais longos que bambus, mais amarelos do que o amarelado das icterícias. Uma cauda lhe circundava sete vezes o ventre e se ia serpentear por mais sete léguas. Ooo, essa aí era conhecida! No lugar do coração, tinha apenas um pouco de gordura. Sua alma não passava de uma sombra de cacto afogado. Ela não tinha mais sentimento do que uma dessas ondas enviadas pelo mar. A Besta deu a volta em torno do Homenzinho. O olhou de cima. O olhou de baixo. O olhou de través e, subitamente, de frente. Num coro de sete vozes, grunhiu: "De onde você saiu, machinho? Numa hora dessas em que as cobras assumem o comando da floresta profunda, em que os zumbis galopam e as crianças boas estão no casebre de sua mãe...". Mas o Homenzinho já soprava sua música como nunca antes havia soprado, rememorando até, em seu bambu, aquele suspiro de ciclone que um dia ele havia libertado. Ô música divina! Ô bálsamo para os ouvidos! A Besta de sete cabeças recebeu a harmonia com lágrimas em todos os seus olhos, teve até uma suadeira de tanto prazer, que ela esperou passar para abrir suas sete gargantas, colocar para fora suas sete línguas e devorar fluaammm! de uma abocanhada só o nosso Homenzinho.

Essa besta aí tinha mais apetite do que gosto musical. Parece que ela ainda vaga pela floresta e que, às vezes, lembram-se dela, mas quanto ao Homenzinho, com ou sem sua música, ele é hoje mais esquecido do que o lago Palmistes que a cratera do monte Pelée abrigava.

Um caso de casamento

Vi passar esse conto nos arredores do meu casebre, na quarta hora de uma noite ensolarada, quando um grande sonho me presenteou com pequenas insônias e, finalmente, meu casebre deixou esse tempo para adentrar em outro, no qual se perdia tempo em meio às tempestades. Eu saí a tempo, para ter tempo de lhes contar sobre esse caso de casamento que acabou mal, mas que, esta noite, nos fará muito bem passar o tempo. Havia, senhoras e senhores, uma moça pronta para casar. Sua mãe era uma preta forte cuja vida havia abatido de rugas, mas sem conseguir lhe curvar o dorso.

Ela vivia então em seu casebre com sua filha chamada Tétiyette, com um rapaz grande que não tinha nome, um outro cujo nome se perdeu, e um terceiro, rapazinho tão doente e feio que ninguém nunca havia cogitado lhe confiar um nome (o que não era de todo mal, pois os nomes daqui e de acolá, senhoras e senhores, são às vezes muito cruéis). Este último, o menorzinho, era tão babão que a mãe havia construído uma cabana na frente do casebre só para ele. Vivia ali, de noite e de dia, pois seus irmãos (sua irmã ainda mais) não queriam saber dele por perto do casebre. O tosquinho ocupava sua existência cultivando arbustos débeis, sem folhas nem frutos, que só davam flores cinzas nas pontas de galhos franzinos. Mas cuidava deles com o mesmo cuidado dos caranguejos quando cavam um buraco em tempo de Páscoa. Ele os regava com água morna, esfregava as cascas com paninhos embebidos de óleo, podava minuciosamente os pedaços de caules doentes, com tanto amor que uma espécie de graça surgia de suas enfermidades. Às vezes até, era visto conversando com os arbustos e, mais estranho ainda, dando-lhes ouvidos, como se falassem com ele. A tal ponto que acabaram lhe apelidando de toktok, jeito crioulo de dar nome à loucura. Bom, então, como eu dizia, Tétiyette foi declarada boa para casar quando sua mãe viu o brilho da carne cintilante sob suas pálpebras. De bonita, ela desabrochou numa beleza plena.

Vê-la era como ver essas libélulas das manhãs frescas, fascinadas pelo orvalho. E os pretendentes a viam bela mais bela que um rumor de chuva inventado na seca pela sede das folhagens, e mais bela que uma madrepérola íntima nas fendas de uma concha, e (para ser exato) a viam como a beleza das faíscas do sal em mar manso sob a luz de calores impossíveis. Mais do que um gemia, eu mesmo era o primeiro: "Ô luz da bela, ô!". Por azar, ela acabou sabendo, ficou toda cheia de trejeitos, mexendo sua coluna como se movem as serpentes, levando consigo uma arrogância e dois desprezos na ponta de seus longos cílios: ninguém estava à sua altura. Aquele lá era redondo demais. Esse aqui mostrava muito os ossos. Esse outro não havia olhado suficientemente para si mesmo, e cada um deles parecia vestido com uma pelagem, como esses comedores de banana que vivem entre os cipós. Ela rejeitou até, dizem por aí, um senhor todo talhado no ouro, parrudo sobre um cavalo preto; não olhou nem de soslaio para um homem de bem cheio da prata, recostado nas almofadas de uma charrete de vidro; e mais (é por isso que eu nunca ousei me apresentar), desdenhou de um sujeito carregado de diamantes que, do alto de um cavalo vermelho, irradiava os brilhos de uma safira do Brasil. Os pretendentes desfilavam a cântaros. O tosquinho, guardião da porta, os anunciava em vão. Rejeitados, eles iam embora envergonhados. Então, coisa rara, o tosquinho se aproximou de uma janela do casebre, chamou sua irmã e lhe disse: "Tétiyette sésé, pwan gad, Irmã Tétiyette, tome cuidado...". Prestaram menos atenção no alerta do que na voz aveludada, quase se evaporando dos lábios, nunca escutada dessa maneira. A mãe deixou cair uma lágrima de alegria aflita: "Esse pequeno aí nos ama, Piti tala enmen nou", pensou. No dia de uma chuva respeitosa do sol, uma pessoa veio se apresentar. O tosquinho lhe abriu a porteira em silêncio, olhos baixos, e não o anunciou, como de costume, a gritos estridentes de comerciantes. A criatura era longilínea, trajada de linho branco, com chapéu e bengala discreta, numa elegância de uma noite de lua vermelha. Um silêncio o envolvia como um mosquiteiro.

De sua janela, Tétiyette avistou um belo homem branco, sedutor de poderosas estranhezas. Ele pediu uma cumbuca d'água, que bebeu sem sequer mexer a garganta. Depois, indagou: "Ouvi dizer, cara senhora, que filha pronta para casar você tinha...". A mamã, com um tanto de desconforto, apontou para a janela onde uma Tétiyette de olhar terno apoiava os cotovelos. "Peça-lhe para entrar, mamã", disse ela sorrindo. Uma vez dentro, eles se sentaram à mesa e conversaram disso e daquilo, do mar e do vento, das pálpebras dos pássaros quando a chuva cai de través, da curvatura das unhas de uma mulher centenária, da carne do peixe-cofre temperada com especiarias sob as cinzas, do gosto da manga-julie, discretamente cítrica, e das cores de um arco-íris na cabeça de um cego. Depois, tiradas não se sabe de onde, presenteou-a com uma sempre-viva, uma rosa de porcelana, uma liana de jade turquesa e quatro dessas flores efêmeras de hibisco. Mostrou-lhe o mês de maio num galho de flamboyant, a chegada do inverno num jasmim-manga, a quaresma na flor de acácia e os mimos do Natal na bico-de-papagaio. Finalmente, um pouco antes de lhe pedir em casamento, deu-lhe de presente a orquídea ave-de-paraíso, insolência de nossos jardins. Tétiyette, naturalmente, aceitou o pedido, feliz como pinto no lixo. O homem logo marcou a data do casamento. Antes de ir embora, deu à mãe uma joia de prata suficiente para organizar núpcias de assombrar até sonhos. Apesar do desassossego, a mãe ficou contente, beijou Tétiyette e seus dois irmãos, e eles dançaram ao redor das cadeiras e sobre a mesa. Foi quando o tosquinho apareceu na janela. Na indecifrável catástrofe de seu olhar de enfermo, Tétiyette percebeu confusamente amor, mágoa e piedade. Ela também o beijou, tomada de compaixão, deixando a baba melar sua bochecha. O tosquinho lhe disse: "Tétiyette sésé, ban mwen an favè, Irmã Tétiyette, me faça um favor". Tétiyette aceitou. O tosquinho lhe deu um espinho dos seus arbustos, implorando que o usasse para picar seu futuro marido na primeira ocasião. "Si sé san ki bay, ibon, ele lhe sussurrou, mé si sé nannan, bay kouri, Se sair sangue, perfeito, mas se sair matéria, salve-se o quanto antes...!" Sem entender muito bem, a irmã mais velha deu sua palavra.

Na visita seguinte, enquanto calculavam a comilança para a festa de casamento, Tétiyette picou seu futuro marido sem que ele percebesse (novidade nenhuma: toda mulher pode roubar o coração de um homem sem precisar rasgar o peito!). Então, no momento de uma dessas solitudes que os amantes arrumam para si, ela o picou, provocando um fluxo de matéria com um fedor de canal remexido. Mas (não é exagero: a razão e o amor são dois e já não se frequentam desde uma trapaça nos dados num jogo *serbi*) ela não diz nada a ninguém, sobretudo não diz nada ao tosquinho que a interrogava com seu olhar de desastre. O casamento se deu diante de um padre desconhecido: não tinha igreja, não tinha cruz, não tinha bata nem mesmo latim, mas seus olhos azuis bastaram, quero crer, para ardejar os nossos, a tal ponto que o vimos como um bispo e vimos até uma catedral silenciosa em sua sombra. Quanto ao casamento em si, permitam-me entrar em detalhes, pois eu estava lá, de traje completo e relógio de bolso. Tétiyette estava vestida de rendas e brilhantes, seu marido, no mesmo estilo. A orquestra não vinha das savanas, mas de uma cidadela distante em que a música só existia em violinos e bandolins, contrabaixos e gaitas, e num conjunto de sopro de metais com varas e pistões. Entoou pastorinhas, sonatas, intermináveis *canzones*, fandangos, fugas, rapsódias e cavatinas que a plateia recusou num acesso de raiva. Então prosseguiu com quadrilhas, *hautes-tailles*, *biguines* atrevidas, calipsos sensuais e até, já no fim, calindas e batucadas. Sintam o clima! Quanto ao comer, não faltou nada: todo tipo de carne em todo tipo de molho com todo tipo de legume. A própria chuva ficaria enojada ao ver a enorme torrente de batida de coco. Não bebi muito, mas bebi muito bem, obrigado, e bebi do jeito certo. O amanhecer revelou uma desolação de sedentos numa busca transpirante pelo café salgado que alivia o enjoo. A mãe havia se acomodado na cadeira onde se balançam felicidades. Os dois irmãos procuravam uma alegria de viver no fundo das sorveteiras. Quanto ao tosquinho, ele estava no portão, preocupado, observando a estrada por onde Tétiyette e seu marido haviam fugido discretamente. Não havia comido nada, nem bebido, nem mesmo balançado o esqueleto na calinda, mas isso colocamos na conta nunca fechada de suas enfermidades. Ele deixou o portão e foi se sentar diante dos seus arbustos débeis, perdido na vigilância paciente de suas flores. Apesar do seu amor, Tétiyette havia seguido o marido com um pouco de inquietude. Da beirada do olho, ela desconfiava de suas elegâncias. Plakatá plakatá plakatá, os cavalos da carroça galoparam por muito tempo, com um vento bom em seu encalço.

Logo chegaram à ponta de um cume que cavava umbigos nas nuvens. Ali se erguia uma casa de boa qualidade, com janelas que davam para o mar em todas as direções. Fragatas sobrevoavam o telhado. Ao longo das mil calhas, gatos caçadores despertavam pavor nos morcegos-ratos. Sobre as paredes se alastrava uma planta parasita chamada cipó-chumbo. Tudo era bonito e calmo como a sombra de um presbítero na morte de um padre. Tétiyette se sentiu feliz, mas isso não durou nem um milésimo de segundo. Seu marido, falando de uma sede, agarrou duas galinhas que vagavam sob a varanda, perfurou sua goela com uma unha muito comprida que ninguém havia visto e saciou a sede com o xarope quente daquela agonia de bicho. Depois, entregou a Tétiyette um molho de chaves e a levou em visita ao engenho de açúcar, ao moinho, à casa da água e à casa do vento. Ele a fez subir oito escadas, percorrer vinte corredores ao longo dos quais lhe apontava as portas uma a uma: "Essa aqui você pode abrir, mas não abra aquela, essa aqui você pode abrir, mas não abra aquela, pode abrir etcétera, não abra essa etcétera...". Essas advertências aterrorizavam Tétiyette. Finalmente, ela o viu descer no pátio, chamar uma espécie de galo de bico vermelho, com penas encaracoladas e olhos de cão adestrado, para o qual jogou migalhas de um chifre de cabrito que ele raspava com uma faca, cantarolando:

Agoulame coquame volame
Agoulame coquame volame
Agoulame coquame volame.

Canção que não se deve escutar numa caminhada noturna e que, em Tétiyette, definitivamente provocou uma floresta de calafrios. Diz-se até que, hoje em dia, nos fundos de um convento onde agora vive, Tétiyette ainda escuta essa melodia em seus sonhos de moça velha. Mas voltemos à má sorte: o marido logo montou num cavalo sem orelhas e depois desapareceu no horizonte. Tétiyette se viu sozinha nas palpitações da casa. Silêncios sujos atravessavam os corredores, subiam as escadarias. Uma angústia se impregnava nas cortinas e por todo canto, por todo canto a tristeza se espalhava em finas camadas de poeira. Com o punhado de chaves na mão, ela abriu mecanicamente algumas portas, depois outras, e aquilo logo se transformou num frenesi distraído de toda e qualquer proibição. Clak clak, clak clak, ela abria, abria mais, descobrindo trevas glaciais, velhos móveis de onde serpenteavam as raízes da árvore original, entulhos indistintos cheirando à água-viva morta, migalhas de cidades esfaceladas, tapetes de tíbias transformadas em flautas, muros de cemitérios que pareciam habitados. Ela descobriu num cômodo cabeleiras de mulheres penduradas em cordas e balançando frouxamente. Na sombra de um outro, uma profusão de olhares sem pupilas nem pálpebras. Uma porta se abriu para bocais de vidro onde borbulhavam lágrimas. Uma outra, para aquele dente do siso que eu havia perdido junto com meus dentes de leite. Horrível espetáculo! Tétiyette, ao se perceber na casa do diabo, gritou: "Mamã!". Ao ouvir esse grito, o galo estranho se desatou em cocoricós de alerta, suas asas propagando maldições através do pátio. O diabo (pois, se não era ele, era com certeza uma espécie dele) deu meia-volta. Para regressar rápido, tirou de debaixo de suas omoplatas asas empoeiradas, barulhentas de um flap-flap interminável. Sobrevoando morros e ravinas, ele logo pousou diante de Tétiyette, que começava a achar esse casamento muito preocupante. "Você me desobedeceu...!" E o diabo a levou para um quarto vermelho, quentíssimo, tirou sua roupa em cima de uma cama de dossel, mais larga do que longa, e, sem nem contemplar sua beleza (obsessão dos meus sonhos), tirou sua própria roupa, expondo à luz pálida seus pelos e escamas, e até suas turgescências de besta infernal. O que veio depois foi terrível: lambendo o canino, temperou sua esposa com sal, pimenta, um pouco de azeite e especiarias tiradas de uma gaveta da mesa de cabeceira. Depois lhe explicou (mas é bem possível que ela já tivesse entendido): "Vou te comer!". Foi aí que Tétiyette gritou: "Maninho, mano, maninho...".

Do outro lado do país, as flores dos arbustos débeis que o tosquinho vigiava murcharam de repente. O tosquinho então se comoveu: "Sésé mwen ka débatt, Minha irmã está sofrendo!". Sua mãe, que só enxergava nisso mais uma de suas loucuras, de debaixo dos lençóis pediu paz. Ele tentou acordar seus irmãos: "Nossa irmã está sofrendo, nossa irmã está sofrendo", e chorava como nunca havia chorado em nenhuma doença. Mas os irmãos não abandonaram nem um pouco seus sonhos. Contando apenas consigo mesmo, o tosquinho procurou um elástico, apoderou-se de um punhado de moedas em cobre que nenhuma loja aceitava mais e se pôs na estrada, com seus pés tortos e suas pernas tronchas. Ele andou-andou até roubar o primeiro cavalo encontrado, depois galopou tão rápido quanto a fumaça. Os sofrimentos da sua irmã o guiaram por entre estradas turbilhonantes. O cume apareceu, depois a casa sobre o cume, depois o galo maléfico na frente da casa. O galo voou em sua direção numa fúria de asas e bico. Mas o tosquinho tinha a pele tão grossa que o bicharoco se viu rodopiar com um tapa do dorso de sua mão. Esse golpe desmanchou o charme que o enfeitiçava, e ele voltou a ser o sapo pestilento de suas origens (e orgulhoso de sê-lo). O tosquinho entrou na casa, abriu uma primeira porta, depois uma outra, começava a se perder nos labirintos do lugar quando um grito de agonia de sua irmã mais velha o orientou. Enfermo, não podia subir as escadas de uma vez só, subiu então vinte degraus por vez, chegando rápido ao quarto maldito. O diabo se deliciava nos lençóis, com a barriga inchada como era de se esperar, cheia das carnes de Tétiyette. O tosquinho esticou o elástico e perfurou seu rosto com uma moeda de cobre. Com as bordas de uma moeda gasta, abriu o seu ventre, libertando Tétiyette embriagada com o último dos seus medos. O diabo morto exalava odores de impurezas. Seu corpo se afundava na cama que se afundava na casa que se afundava na terra. A irmã e o irmão saíram de lá no momento em que uma garganta de tufo engolia tudo. Uma grande árvore espinhenta brotou ali, flap...! Tétiyette beijou o enfermo que passou a ser o mais amado de todos os maninhos que brincam no entorno do meu casebre na quarta hora das noites ensolaradas. Pois bem, digo a vocês que foi assim.

Glan-glan, o pássaro cuspido

> Escondido pássaro cuspido
> pássaro irmão do sol
>
> Aimé Césaire

Em dias de Sexta-feira Santa, no horário da igreja vespertina, preces e adorações de cruzes se elevam de todo e por todo lugar. Já eu, fico em casa, bem-comportado, comendo bolinhos fritos e bebendo água pura. É prudência, meu amigo, pois se conta que nas Sextas-feiras Santas nossas terras de má-sorte são visitadas por coisas que não são daqui. Prova disso? Vejam só essa lenda de um bravo camarada, tipo de homem feito de doce de leite, tamanha era a sua bondade. Só tem que, diz a sabedoria, bons cães nunca encontram bons ossos. Por isso mesmo (talvez) nosso homem deu de frente com um osso duro de roer, no momento de casar: uma mulher cujo coração não abrigava nem piedade, nem amor, nem rastro de ternura, maldita oh!, uma verdadeira praga de sete anos. Ela conduzia o pobre homem como se conduz mulas, com a vara ou com o pé. Ele ia com a alma espezinhada como o dorso de um animal de abate. Se deu então que a esposa acordou numa Sexta-feira Santa ansiando por um banquete de carne fresca. Ela atazanou esse bravo rapaz para que ele saísse à caça. Nosso homem resistiu o dia inteiro, mas na hora em que as galinhas se empoleiram em cima das sombras, ele teve de pegar seu fuzil Chassepot e correr floresta adentro, perseguido pelas gritarias de sua esposa pimenta. No coração da floresta, ele andou, andou, andou, andou, e andou mais, olhar em riste, espreitando a mata e os galhos de caça. Mas não se via nada, nem turdo, nem marreco, nem asa de saí, somente moscas e mosquitos demarcavam o caminho. Mil vezes ele quis desviar em direção ao seu casebre, mas um simples pensamento na esposa o impelia para longe. Logo chegou ao fundo da floresta, lugar de árvores tão velhas que nem árvores são mais. E foi ali mesmo que viu o pássaro. Um pássaro que nenhum caçador jamais havia nomeado, cor de fogo escuro nos reflexos do crepúsculo. Um esplendor de plumas se balançando como nunca se balançam os passarinhos. Permitam-me opinar: diante de tal espetáculo, eu teria recuado, pois, salvo a palavra, em matéria de encantamentos não sou nada atrevido. No entanto, nosso rapaz levou seu Chassepot aos ombros e mirou na aparição lunar. Foi então (e não me admira!) que o passarinho se pôs a cantar:

Mire bem em mim, filhinho
Tililiton tililiton
Yon glan glan!

Nosso homem, é claro, quase deu no pé, mas a imagem de sua esposa o petrificou no local. De certo enlouquecido, escalou a árvore, alcançou o galho do passarinho e estendeu a mão enquanto ele assoviava:

Me agarre bem, filhinho
Tililiton tililiton
Yon glan glan!

Ele pegou o dócil animal, o amarrou com cipós finos e voltou para o seu casebre, orgulhoso como só os caçadores ficam depois de uma carnificina. Ao mostrar à esposa sua maravilhosa presa, ele balbuciou: "Noupa pé valé on bèt konsa, Não podemos comer um animal desses...!". Mas a esposa era má. Talvez por medo de mudança, ela permaneceu assim. Apoderando-se do pássaro, torceu-lhe o pescoço, o depenou, o esvaziou, o cortou em pedaços, insensível aos arrulhos que lhe espumavam o bico:

Me mate bem, filhinha
Tililiton tililiton
Yon glan glan!

Logo se espalhou no casebre um cheiro de fricassê. Chiados de cebola. Fogos de sete especiarias. Vapores de pimenta. Alguns dizem até que ela preparou, além disso, postas de bacalhau e belos arenques defumados, dispostos ao redor de um prato de carne salgada num molho crioulo. É o que os pretos velhos chamam de "um bom comer". O bravo camarada não teve estômago para provar. Ele pensava muito nas belezas do pássaro, em seus cantos misteriosos. Foi com um bolinho frito e uma virada de cachaça que ele passou a noite diante de sua mulher, que se esbaldava. Ela comeu tudo, chupou os ossos, lambeu os restos de molho, raspou o fundo das panelas, somente gases de prazer suspendiam um pouco o moinho de seus dentes. Depois, ela disse: "Ité dous! Estava bom demais...!". O bravo cabra, por sua vez, permaneceu como que siderado, o olhar submerso em voos de pássaros. Suas pálpebras tremiam como grandes asas.

Às vezes, um vermelho planava dentro de sua cabeça, e ele cochilava com sonhados de plumas. Ela o segurou pela axila e o levou à cama. No quarto (à luz de uma pequena chama que homenageia, eternamente, algum branco beatificado), ela se perdeu nas profundezas desses sonos que nunca trazem sossego. Já ele, cochilava mal, numa agitação vaga. Por volta da meia-noite, ela sentiu a barriga ferver. No sonho, viu-se habitada por grandes samambaias, depois por musgos tenebrosos que se erigiam em cidades. Tudo seguido por fluxos de cascatas, gorgolejos e aspirações rodopiantes. Despertou num sobressalto quando uma voz emanou dos lugares de toda sua carne:

Me cuspa, filhinha
Tililiton tililiton
Yon glan glan!

Ela pensou: "Ankay pwan an sirin, Preciso de um ar fresco". Em sua cadeira de balanço, sob o olhar da lua, a mulher sentiu que se despedaçava em vapores, enquanto a voz fazia seus ossos vibrar. O bravo camarada, inquieto, esquadrinhava o jardim atrás de uma erva medicinal. Ele a ouviu, depois de uma agonia, correr em direção a um balde do casebre para regurgitar a matéria do banquete.

Aliviada, respirou fundo. O bravo rapaz a beijou. Eles se preparavam para voltar ao catre quando a matéria regurgitada se pôs a falar com eles:

Me cole, filhinha
Tililiton tililiton
Yon glan glan!

A voz sepulcral ecoava no balde. Não se pode dizer que eles levaram tempo para se pôr ao trabalho (eu, diante de menos do que isso, me tornaria um criado). A noite os viu escravos, triando o vômito, associando fibras a fibras, pedaços de ossos a pedaços de ossos, reconstituindo o bico, a curva de uma pálpebra. Ô quebra-cabeça desmesurado! Ô tarefa desajeitada! Eles conheceram a exaustão que vem depois da fadiga. O pássaro logo ganhou carne, depois sua silhueta apareceu e, finalmente, seu corpo tremeu entre os dedos malditos dos dois. Eles então recuaram, prestes a trocar o local pelo abrigo de uma igreja. Mas a voz imperial ressurgiu:

Coloque as minhas penas, filhinha
Tililiton tililiton
Yon glan glan!

Vê-los correndo teria sido espetacular! Pra direita, pra esquerda, por aqui, por acolá, eles procuravam as penas do pássaro. As grandes penas de contorno foram as mais fáceis de identificar. As penas de voo eram marcadas por longos arco-íris. As penas da cauda perturbavam a noite com seu brilho. Mas, na busca por filoplumas e vibrissas, o casebre se tornou imenso, os arredores, o mundo. Eles esvaziaram sete caixas de velas para iluminar cada canto do chão, divisórias e telhado. Andavam de quatro, o nariz lavrando a poeira. O dia passou assim, depois uma parte da noite. Então o pássaro ganhou forma, seu esplendor foi restituído, e ele os olhou com uma raiva fria. Eles o viram bater uma asa, outra, e, finalmente, explorar as axilas com o bico. O bravo camarada e sua esposa estavam prostrados, rendidos ao esgotamento. O caso parecia resolvido, mas o pássaro se balançou e cantou novamente:

Ainda falta uma pena, filhinha
Tililiton tililiton
Yon glan glan!

E eles foram atrás da última penugem, a alma em cinzas de tanta exaustão. Retiraram os móveis. Desmontaram peça por peça. Arrancaram o papel-jornal que cobria as divisórias. Exploraram as juntas das tábuas soltas uma a uma, depois removeram o teto e colocaram a casa de cabeça para baixo a fim de reduzi-la a migalhas. Acharam a penugem na fenda de uma viga. O pássaro refez as contas e levantou voo como voam os sonhos. Dizem que, depois dessa história, a mulher má se tornou amável e doce, e até vegetariana, a tal ponto que o pobre cabra, entediado de tanta felicidade, casou-se com outra. Mas isso é problema dele! Eu, na Sexta-feira Santa, fico em casa bem-comportado...

Yé, senhor da fome

Aqui vai a história do negro Yé, que Lafcadio Hearn escutou. Ô, Yé, era realmente um negro de má qualidade, todo cheio de defeitos. Preguiçoso, fugia do trabalho no campo dos *békés*, de seus engenhos de açúcar e até de seus moinhos. Voraz, detestava as fomes impostas por sua situação, e era uma boca aberta que ele arrastava por toda parte, farejando um gosto para sentir, uma mordida para dar. Ele tinha uma negra infeliz com coração de ovelha, isto é, resignada, que o levou à miséria com uma penca de filhos. Todos juntos, ao longo dos dias do Bom Deus, davam nós nos cipós amargos da fome. Mais de um feitor quis contratá-los como cortadores de cana, como condutores das charretes que levavam à usina ou para não sei qual outra ventura em que os pretos dessa terra afogavam sua existência. Mas esse cachorro do Yé adorava sua liberdade. Sua esposa e seus filhos, ainda mais. Apesar da má sorte, eles mantinham a cabeça erguida e um olho no horizonte. Ô desgraça! Yé havia sido vítima de uma maldição, depois de uma disputa que acabou mal com os cupins-de-madeira no tempo em que estes atravessavam os matagais em grandes procissões, cantarolando:

Baron, baron, tonton tolomba lomba
Azon zon zon: ba li koté kian kian kian.

Os cupins-de-madeira eram bichos bons. Não torturavam ninguém, detestavam ver sofrimento. Mas não eram muito inclinados a trocas, por isso mesmo, não convidavam ninguém para as festanças de lua cheia que organizavam todos os anos para eles próprios. Yé, nessa época criança e já muito voraz, os seguiu. Espremido debaixo das folhas, acompanhou a procissão até o fundo da floresta, lá onde a floresta fervilha madeira após madeira. Os cupins-de-madeira não sendo dados à correria, Yé viu de longe o clarão da festança, espichou a perna e chegou antes deles. Enquanto a procissão contornava raízes, fungos e cogumelos, Yé, já no local, comeu todo o comer, cantando o cantado deles:

Baron, baron, tonton tolomba lomba
Azon zon zon: ba li koté kian kian kian.

Ora, os cupins-de-madeira não brincavam em matéria de comer. Vendo que só havia sobrado madeira na festança (e, aliás, desde essa época, eles não têm mais do que isso), ergueram juntos seus vinte e sete mil traseiros numa maldição unânime, dessas que sempre chegam, mas sem nunca se apressar. Apesar do imenso ódio, do estômago amargurado com migalhas de madeira seca, eles retornaram em sua lenta procissão, andando bem devagar e cantarolando baixinho:

Baron, baron, tonton tolomba lomba
Azon zon zon: ba li koté kian kian kian.

O tempo passou, mas a maldição (cadela de olfato apurado impossível de despistar) seguiu Yé com a intenção de alcançá-lo em plena flor da idade de homem. Foi assim a história. Como todo dia, nosso homem rondava a floresta em busca de alguma galinha selvagem, de um gambá adormecido, de algum inhame com sabor de liberdade. Em resumo, buscava uma oportunidade para dentes bons e estômago vazio. Ele escutou: tak! tak! tak tak tak...! Escutou novamente:

tak tikitak tak...! Pequenas explosões ou talvez peidos enormes. Esticando o olhar, distinguiu no centro de uma clareira uma espécie de existência indefinível, feita de couro, de carnes moles e de acaju reluzente. A coisa, sentada de frente a uma fogueira, assava uma porção de caracóis cujas conchas sob a chama, como num rosário, se quebravam uma a uma. Yé esfregou os olhos: reviu o mesmo troço. Uma espécie de coisa de silhueta vagamente humana, espessa como um tronco de fruta-pão e devoradora nostálgica de impressionantes punhados de carninhas assadas. O cheiro era bom: Yé se surpreendeu (sem esforço) com água na boca. Alongando o olhar, percebeu que a coisa não tinha pálpebras nem mesmo o coco dos olhos. Ele se aproximou do inverossímil espetáculo: os caracóis grelhados, passados num molho de pimenta, estalavam sobre uma língua que os devorava flapt...! Yé, sem dar atenção às enormes narinas que vibravam com os cheiros (portanto, com o seu também), estendeu a mão por cima das brasas, pegou um caracol, depois outro, depois outro. Com seu dente bem treinado, logo comeu tão rápido e tanto quanto a coisa.

Chegou o momento da última concha. Yé quis pegá-la antes de dar no pé, mas uma pinça o apertou pelo colarinho. A coisa gritou: "Por Deus! Peguei você, agora você me pertence". Na maior tranquilidade, ela se empoleirou sobre os ombros de Yé, ordenando-lhe: "Me leve para a sua casa". Há dias difíceis: a esposa e os filhos, avistando-o de longe, pensaram que Yé carregava um bom quarto de boi. Dançaram antes da hora e até sem música, os dentes reluzentes do rorejar das fomes. Uma visão precisa da cena os levou à debandada. Os filhos se esconderam embaixo dos estrados, à sombra dos cordões, por trás das teias de aranha (ô, o magrinho sabe se esconder...!). Já a mamã foi para trás da porta tal o cabo de vassoura. A coisa se alojou num canto do casebre. Só se mexia nas raras horas de um comer. A família Yé ficou raquítica, e mais que isso. Se nosso homem trouxesse uma asa de sombria, um rabo de cabrito, uma fruta-pão bem amarela, uma batata pálida ou uma cabeça de pão seco, a coisa, como que adormecida, os deixava sentar à mesa, dividir a pechincha entre seus pratinhos e depois, antes da menor das garfadas, ela lhes soprava na cara. Sopro mágico que os deixava petrificados, inconscientes, imóveis. Então a coisa montava na mesa, devorava as pequenas porções, aliviava o bucho em cada prato, depois os acordava, ordenando: "Engulam isso!". E a família ingurgitava todo aquele resto, ô me deixem chorar...!

Isso durou as estações da tangerina e da pinha. Yé, sua esposa e seus filhos apresentavam todos os sinais de saúde deteriorada: espinhas, manchas, pústulas. Eles dormiam mal, pois, à noite, os roncos da coisa sacudiam o casebre, descolavam as telhas. Um dia, sem poder mais com aquilo, a mamã disse a Yé: "Ay wê Bondié, mandé'y an pawol, Vá ver o Bom Deus e lhe peça conselho". Naqueles tempos de outrora, o Bom Deus não era senão um guarda rural do pântano, não havia concluído suas divindades e vivia entre nós. Ele se refugiava aos domingos num casebre de fibras de estrela, situado no mais denso dos matagais. Yé partiu ao seu encontro num bom horário de domingo. Caminhou a passos largos e chegou aos silêncios de um vapor cinza sobre uma esteira azulada. No centro, entre troncos luminosos, viu o casebre lunar. Antes de abrir a boca, o Bom Deus (de toda parte e de parte nenhuma) lhe disse: "Anja sav sa ou lé, Já sei o que você quer". E lhe revelou que a coisa era um demônio e que ele precisava descer de volta ao seu casebre sem comer nada no caminho e, lá chegando, preparar um jantar e depois gritar, quando o diabo acordasse:

Tam ni pou tam ni bè
Tam ni pou tam ni bè!

O diabo, fé em Deus, vai cair morto, frio. Yé repetiu essa palavra sagrada ao longo de todo o caminho: "Tam ni pou tam ni bè, tam ni pou tam ni bè...". Sua velha amiga fome logo o deteve sob cachos de goiabas, à beira de ameixas verdes e guajurus que ele devorou instantaneamente. E, ao longo de toda a descida, nosso homem emporcalhou os dentes (e a memória) com as lambanças encontradas. No rio, empunhou um punhado de pitus e voltou ao seu casebre, exigindo um fricassê com um ar de confiança. Quando os pratos ficaram prontos, o diabo (pois se não era ele, era uma espécie dele) se levantou como de costume. Já ia lhes soprar na cara quando Yé, arrogante, gritou:

Ann toké dyab la kagnan!

O que, naturalmente, não produziu o menor efeito. O diabo lhes soprou na cara, comeu os pitus, depois os acordou para que engolissem os dejetos de seu estômago. Em seguida, se deitou em concha num sono tranquilo no canto do casebre, ô me deixem chorar...! Sete vezes, sim, sete vezes, Yé subiu até o Bom Deus, recebeu sua palavra, a perdeu no caminho em comilanças de frutas e veio berrar uma idiotice ao diabo que se acordava.

A mamã esticava os lábios, arrancava os cabelos. As crianças já não se livravam de uma tristeza choramingona. Por sorte, na penca de crianças, havia um pequenino, menos magro do que os outros pois mais astuto do que um rato. Chamavam-no de "Ti-fonté". Era insolente e não tinha medo de nada, nem mesmo do diabo que, no entanto, ele nunca havia atacado, prova de sua esperteza. Vendo o desespero de sua mamã, ele pediu: "Kité'm désann dèhiè Papa, é manké mitanné sa, Me deixe seguir papai, vou resolver isso". A mamã, que conhecia suas habilidades, aceitou a oferta. Yé, por sorte, vestia sob sol e chuva, de dia como de noite, uma roupa chamada *lavalasse*, enfeitada com grandes botões e bolsos largos desse jeito que lhe serviam para carregar os ganhos de suas andanças. Glufe! Ti-fonté se enfiou num desses bolsos logo antes de sua partida. Uma vez Yé diante do Bom Deus, Ti-fonté apurou os ouvidos para ouvir a sua palavra. O Bom Deus insultou Yé (naquele tempo, ele ainda se irritava), depois se deu o trabalho de soletrar lentamente:

Tam ni pou tam ni bè
Tam ni pou tam ni bè!

Ti-fonté escutou bem, escutou tudo. Ele embrulhou essas palavras com todo o seu cérebro e pôs sobre elas um bom grão de memória. Umedeceu a língua para que as palavras soassem bem. O possível fim daquela desgraça fazia os seus olhos brilhar com as lágrimas frescas da alegria. Yé, por sua vez, força do hábito, colhia isso, colhia aquilo, identificava no caminho o local exato de uma folha de inhame, avaliava a maturidade de um cacho distante, marcava os troncos com sinais visíveis apenas para ele, em resumo, colocava em prática a arte de sobreviver que a sua amiga fome lhe havia ensinado. Chegando ao casebre, Ti-fonté logo saiu do bolso e disse à sua mãe: "Bagay là obidÿoul! Tá tudo bem!". Yé, por sua vez, tirou dos seus bolsos três guaiamuns e uma fruta-pão que, nessa situação, dariam um belo de um banquete. Tudo foi cozinhado, cada prato preenchido, o diabo então se remexeu e Yé começou a gritar:

Ann toké dyab la kagnan!

Ti-fonté também se pôs de pé e gritou:

Tam ni pou tam ni pou bè
Tam ni pou tam ni pou bè!

O diabo pareceu receber um coco na cabeça. Ficou petrificado, tomado por convulsões, espumando pela boca. Eles o viram cambalear bambo, grunhir como os vulcões, depois cair duro, morto e já frio. Ô agora não choro mais...! A família Yé almoçou dançando ao redor do seu corpo, que logo inchou e começou a feder. Eles prenderam uma corda numa de suas protuberâncias e o arrastaram pelo terreno pedregoso que servia de jardim — apesar de todos os esforços, Yé nunca havia conseguido fazer nada germinar ali. Sob o sol, o diabo se tornou azul, depois violeta-banana, depois passou a exalar odores de répteis. Logo explodiu, espalhando-se pelo terreno pedregoso que, ali mesmo, como todos os penicos do quarto do diabo, se tornou mais que fértil. A própria região virou um jardim abençoado que foi batizado de Gros-morne, bastava pensar numa fruta para que uma árvore a fornecesse. Digo que Yé reencontrou ali, por si mesmo, o gosto pelo trabalho, esquecendo da fome, enquanto eu, logo eu, expulso dos engenhos de açúcar que não tinham mais açúcar, precisei recorrer a ele para aprender a sobreviver à fome. Ô como a vida é engraçada...

Accra, o bolinho da riqueza

Uma preta velha morreu em desespero: apesar de sua juventude perdida sob as canas-de-açúcar, ela só deixou ao seu filho único um desses pequenos bolinhos fritos chamados de *accra*. Se ao menos estivesse quente, diz ela antes de morrer. E era verdade: o bolinho frito quente é o melhor, portanto, de mais alto valor. O filho (de nome Ti-zèb) a velou, a enterrou, encomendou uma missa em sua homenagem e depois deixou a região. Levou o seu bolinho seco, embrulhado do jeito certo numa folha de bananeira. Ele andou, desandou, triandou, dividiu o andar em pequenos passos para multiplicá-lo, tanto que precisava ir vento-adiante. Quando sentiu fome, economizou o bolinho colhendo uma goiaba. Logo chegou aos arredores de uma casa, alta como uma árvore de trinta anos, na porta da qual pedinchou um dormir. As pessoas da casa lhe disseram: sim. Então ele disse que o seu bolinho só poderia dormir num poleiro. Todos se espantaram e se inquietaram: as galinhas vão comê-lo, os perus vão devorá-lo. Ti-zèb os tranquilizou: o bolinho estava seco, duro como pão do mesmo gênero, nenhum bico iria se arriscar naquilo. Depois explicou: "Sé labitid li, pon poul ké modey, É do costume dele, nenhuma galinha irá tocá-lo". O bolinho foi então instalado no meio do poleiro. Ti-zèb e toda a gente se encaminharam para o dormir. Na manhã da noite, Ti-zèb foi até o poleiro, degustou o bolinho, feliz à beça que nenhuma galinha tinha ido bicar a última riqueza de sua mãe. Ao amanhecer, ele se pôs a berrar:

Meu accra meu accra
Ti lanni yo! ti lanni!

As pessoas acordaram sobressaltadas, o quê, o quê...? Ti-zèb armou o maior circo, um rio de lágrimas em cada olho, arrancando os próprios cabelos. Aqueles galos malditos haviam comido o seu bolinho! Um bolinho tão simpático! Ele vai prestar queixa aos gendarmes se não lhe derem em troca um belo galo! Aquela gente (que não gostava nada de escândalos envolvendo pretos-parrudos) preferiu colocar um ponto final nesse caso sórdido: deram-lhe um galo, de crista roxa e cauda longa. Com seu bicho debaixo do braço, Ti-zèb retomou o caminho. De caminho em caminho, ele fez seu pequeno caminho e chegou à noite na frente de outra casa, alta como uma árvore de cinquenta anos, rodeada por um gramado cercado onde ovelhas pastavam. Ele pedinchou o dormir e um lugarzinho para o sono do seu galo no meio das ovelhas. Todos se espantaram e se inquietaram: "Mouton la ké krasé'y, As ovelhas vão esmagá-lo". Ti-zèb diz que o seu galo tinha o costume: ele se empoleirava no dorso das ovelhas. O galo foi posto entre os ovinos e todos foram se deitar. Na manhã da noite, Ti-zèb se esgueirou até o galo, quebrou suas costelas e torceu seu pescoço. Ao amanhecer, ele interrompeu o pequeno desmaio do último sono com gritos de um degolado:

Meu galo meu galo
Ti lanni yo! ti lanni!

As pessoas da casa viram de perto todas as qualidades do desespero. Um galo tão bonito! Destruído por um carneiro! Um carneiro feroz, com certeza! E niá niá niá... Aqueles que não conheciam o falar alto tremeram de tanta comoção e lhe ofereceram um carneiro como minúscula compensação.

Ti-zèb (apesar das lágrimas que lhe embaçavam a visão) identificou o mais gordo, colocou uma corda em seu pescoço e foi embora chorando na poeira das estradas. De estrada em estrada, ele fez sua estrada e chegou à noite na frente de uma mansão, alta como uma árvore de sessenta anos, rodeada por um gramado cercado onde bois ruminavam. Mendigou um dormir e depois intercedeu por seu carneiro, cujo costume era pegar no sono entre os bois, seus melhores amigos. Assim foi feito. Todos foram ao sono. Na manhã da noite, Ti-zèb se esgueirou até o carneiro, quebrou seu pescoço e se desmanchou em queixas já no raiar do dia:

Meu carneiro meu carneiro
Ti lanni yo! ti lanni!

Os cidadãos daquela mansão acreditaram no inferno em sua porta. Um carneiro tão lindo! Esmagado por um boi! E niá niá niá... Para acalmá-lo, eles lhe ofereceram espontaneamente um boi. Um belo animal preto e branco, de patas bem largas. Ti-zèb não se fez de rogado, e o arrastou gemendo veredas afora. Senhoras e senhores, permitam-me rir, pois o melhor está por vir...! À tarde, com seu boi a tiracolo, ele encontrou dois cabras que carregavam um caixão. Era um pequeno mulato que morreu de desgosto por ter mãe preta. Ti-zèb lhes propôs o seguinte negócio: o cadáver contra o boi. Os dois camaradas que não tinham família mulata abriram o caixão, lhe entregaram o corpo e recolocaram a tampa sobre um monte de pedras.

Muito alegres com o boi, foram embora dançando. Ti-zèb, evitando ser visto com um morto sobre os ombros, se escondeu numa moita de cana. Na primeira sombra, ele caminhou em direção a uma mansão, alta como uma árvore de cem anos, com dez mil janelas, cinquenta mil armários, trinta e seis para-raios. Era a residência de um senhor de riquezas, mas cujo único tesouro (aos seus olhos) eram duas ou três filhas prontas para casar. Ti-zèb pediu o dormir, para ele e para o seu irmão que já dormia em seu ombro. Ele foi instalado em um dos quartos e Ti-zèb em outro. Festejaram com mamão gratinado, caldo verde e, depois, cada um partiu para a colheita dos sonhos. Ao amanhecer, Ti-zèb correu para o quarto do "seu irmão" e importunou os últimos sonhos com gritos de agonia:

Mataram meu irmão
Ti lanni yo! ti lanni!

Os senhores e as senhoras se sentiram num mercado de peixes. Ti-zèb arranhava o rosto, se aferrava ao cadáver, ia à janela gritar sua desgraça. Logo um populacho saiu dos casebres ao redor, olhar em riste, e dois gendarmes bem apessoados a cavalo lhes estenderam o seu gentil ouvido. O senhor de posses que (em sua vida inteira) nunca havia imaginado gritos assim numa garganta, ergueu as duas mãos em sinal de apaziguamento: "Eu vos concedo uma reparação, o que o senhor deseja?".

Ô, o que vocês acham que Ti-zèb pediu: a casa ou uma filha como esposa? Em todo caso, eu, quando viajo, levo sempre um bolinho frito bem no fundo do bolso.

Ti-Jean horizonte

A miséria força a astúcia e a inteligência. Eis aqui o primeiro fato do mais astuto dos negrinhos sobrevivendo nos campos dos *békés*. Um destes últimos (como de costume) não reconheceu o filho que teve com sua negrinha. Então se fez padrinho: jeito elegante de se isentar do cuidado. Ora, senhoras e senhores, a criança se chamava Ti-Jean, nome que se tornaria o símbolo da malícia em carne e osso, da malícia mais impiedosa. A miséria de sua mãe e dos seus quinze irmãos e irmãs era cruel. Ti-Jean, sensível e rancoroso, jurou armar pra cima do padrinho e, se possível, tomar sua riqueza. E foi possível. Vejamos como.

Ele convenceu o padrinho a levá-lo a tiracolo como um negrinho faz-tudo, para o bem e para o mal. Uma vez à sombra do *béké*, Ti-Jean aguardou a sua hora. Ela veio na ocasião de uma recepção em que a cozinheira estaria ausente, vítima de uma gravidez malsucedida. Ti-Jean aproveitou e propôs ao padrinho, que não podia mais adiar nem um pouco: "Manjé mwen sé mwen menm, A cozinha é meu forte". O padrinho então lhe passou uma tarefa: caçar os gambás e temperá-los, matar galinhas, carneiros, patos, aves no geral, preparar as carnes, os patês, limpar as vísceras, descascar os temperos, picá-los, ralá-los, colocar tudo em quinze caçarolas sobre uma fileira de chamas. Gludú gludú, as panelas ferviam com força. Os convidados aguardavam saboreando os ponches e os bolinhos marinados. As narinas se abriam para as quinze fragrâncias. O estômago logo começou a pinicar, e eles perguntavam se o comer pertencia apenas à cozinha. O padrinho, rindo, foi pedir notícias. Ele se deparou com um espetáculo pra lá de estranho: brasas apagadas, as caçarolas no chão ferviam firmes com o chicote de Ti-Jean. Ele tinha acabado de tirá-las do fogo e fez o padrinho acreditar que o cozimento se dava pelo calor do chicote: "Cozinhem, cozinhem, cozinhem", ele cantava para as panelas enquanto as chicoteava. Tendo pouca luz no cabeçote, o padrinho pensou: "Mas esse chicote é mágico!". Ele exigiu que Ti-Jean lhe vendesse. O negrinho protestou: "Parin ô, fwèt tala ké poté'w dévenn, Padrinzinho ho! Esse chicote vai lhe trazer problemas". O padrinho nem quis saber, hak, pagou Ti-Jean (a primeira grana da sua vida, definitivamente não a última), escondeu o chicote e saiu para festejar com seus pares *békés*. Na sobremesa, ele anunciou: "Senhores, estava bom, mas no próximo domingo, festa de São Pedro, será melhor, não programem nada, a vida será aqui!". Assim dizendo, ele pensava nas maravilhas do seu chicote.

Todos aceitaram e voltaram no domingo seguinte esfomeados como corcundas cuja cacunda só cresce. Tinham a pele do estômago colada à pele dos ossos, pois haviam feito dieta já prevendo a festança. Mulheres e crianças os acompanhavam, ávidas pelos rega-bofes anunciados. Ti-Jean, acometido por uma gripe imaginária, havia passado o dia trancado bem no fundo do seu casebre. Os convidados beberam os tafiás e os sucos na varanda, mastigaram os marinados, mas logo ficaram preocupados com o pouco de cheiro anunciado pelo vento. Nada. Nem o chiado de uma carne cozinhando, nem de um bom filé frito. Eles começaram a xingar, a bater na mesa, a gritar até não poderem mais. Na cozinha, suando como um algoz em confissão, o padrinho, que havia feito tudo sozinho (caçado, cortado, temperado as carnes), chicoteava em vão as caçarolas enormes, chicoteava pra esquerda, chicoteava pra direita, e cantava do jeitinho mesmo que Ti-Jean tinha cantado:

Canários cozidos cozidos cozidos
Canários cozidos cozidos cozidos.

Mas nenhum molho engrossava. Óleos e gorduras continuavam frios. A carne não dourava nem um pouco. Aos seus compadres, vermelhos de fome e de raiva, ele explicou: "Ti-Jean me engambelou....". Os convidados não quiserem escutar nada. Derrubaram as panelas, quebraram as cadeiras e lhe deram uma sova com luvas e chapéus. Como eram pessoas de péssimos hábitos, mijaram nos guardanapos e fizeram outras coisas nos vasos de flores. Ele escapou como um mendigo, empunhando uma pistola, em direção ao casebre onde Ti-Jean se escondia. Os irmãos e irmãs de Ti-Jean estavam no campo, ele havia ficado com a mãe. A preocupação o consumiu por muito tempo, até que encontrou uma solução: uma bexiga de boi, recheada com diversos detritos e com tripas de galinha, que ele pediu à sua velha mãe para colocar sobre a barriga. E lhe disse para se fingir de morta quando ele abrisse a bexiga de uma facada só, depois para não se mexer até o som do seu assovio e de suas ordens. Montada a cena, ele mergulhou no mais profundo dos sonos, aquele que fingimos. O padrinho apareceu, salivando de ódio, gritando que saísse. "Sim, ele está dormindo!", diz a mamã. "Então o acorde!", berrou o *béké* exasperado. "Iké tchimen, Ele vai ficar furioso!", previne a mamã. Então ela sacodiu Ti-Jean, que emergiu do seu sono fictício com uma raiva ainda mais fictícia. Apanhando a faca preparada, ele abriu a barriga da mãe: "Man rayi yo lévé mwen, Eu odeio que me acordem!". A coitada caiu no chão buduf!, coberta com o sangue de suas entranhas. O padrinho ficou paralisado, balbuciando:

"Maldito, maldito, você matou sua mãe!". "Apa ayin, Isso não é nada", suspirou Ti-Jean. Ele segurou sua pequena flauta e se pôs a soprar:

Toutoutou toutoutou anlè jamb.
E a mãezinha mexeu as pernas.
Toutoutou toutoutou anlè bwa.
E a mãezinha mexeu os braços.
Toutoutou toutoutou tout douboutt

E a mãezinha se levantou. O padrinho ficou atarantado, um pouco azul, um pouco verde, depois implorou a Ti-Jean: "Você precisa me vender essa flauta". Ti-Jean se fez de rogado, disse ser apegado ao instrumento, até antecipou ao padrinho os problemas que ele lhe traria, mais sérios do que os do chicote. O *béké* insistiu. Ti-Jean ganhou assim a segunda grana de sua curta existência. Enquanto ele contava as moedas, o padrinho foi embora, apressado para experimentar essa fabulosa mágica. Em casa, subindo ao sótão onde trancava sua velha mamã (uma espécie de gaze amarelada, com uma juba grisalha e olhos incolores), ele a levantou de uma cadeira de balanço e lhe perfurou o estômago. A gaze amarelada despencou sem uma palavra, para sempre enxovalhada sobre a cera do piso. O *béké* então pegou a flauta e, sorrindo, soprou:

Toutoutou toutoutou anlè jamb.
Mas a mãezinha não mexeu as pernas.
Toutoutou toutoutou anlè bwa.
Mas a mãezinha não mexeu os braços.
Toutoutou toutoutou tout douboutt.

Mas a mãezinha permaneceu mais destroçada do que uma arrogância de árvore casuarina exposta demais ao vento. O *béké* recomeçou uma etcétera de vezes, ao longo de seis dias. Quando a gaze lunar se tornou um creme embranquecido, ele entendeu que havia matado a própria mãe e se pôs a urrar as treze dores do mundo. Vem gente de toda parte contemplar a tragédia. Negros livres, negros dos campos, mulatos de grandes coletes, *békés* de goiaba e grandes *békés*, todas as qualidades de gendarmes a cavalo escutaram o padrinho revelar a malícia de Ti-Jean. Eles dizem: "É um diabinho! É uma cobra! É um bruxo...! Devemos colocá-lo num saco e jogá-lo ao mar, bem perto do horizonte". Ô o título se explicita! Eles partiram com grandes pompas e um enorme saco. Cercando a casa, entrando por portas e janelas, agarraram Ti-Jean, enfiaram-no de cabeça para baixo na escuridão do saco, amarraram a coisa toda com uma palha de coqueiro e se puseram a caminho em direção ao mar. Felizmente, para o nosso negrinho, no caminho estava sendo construída uma nova fábrica de rum. Um jovem *béké* experimentava um novo sabor da bebida. Todo mundo sentiu sede e quis provar do rum. Então eles apoiaram o saco num matagal no meio do caminho, depois desapareceram nos vapores dos grandes tonéis. Ti-Jean, que chorava niá niá niá, escutou o passo claudicante de um preto velho em dia de reumatismo. Ele começou a chamar, chorar, gemer, soluçar que queriam afogá-lo no horizonte por causa de um boi cujo guardião era ele, destruidor das mudas de um *béké*... O preto velho ficou comovido e pensou, putz, a vida de um negrinho vale mais do que os brotos de uma sementeira. Então foi lá e abriu o saco. Ti-Jean jorrou como água, beijou o preto velho e se deu a tarefa de enfiar no saco um tronco de bananeira carcomido pela seca. Depois, ao abrigo de uma ribanceira, aguardou a partida dos vingadores. Estes traziam na conta uma boa carga de rum. Eles apanharam o saco sem nada perceber e partiram com um passo ê ê ê hesitante para jogá-lo ao mar. Bluf...! Ao vê-los rir do saco levado ao horizonte por correntezas malvadas (eles gritavam na maior algazarra: "Ti-Jean horizonte! Ti-Jean horizonte!"), nosso negrinho se pôs a calcular as maneiras de acabar com o seu padrinho *béké*. Ele calculou, calculou, calculou, e enquanto calculava, passou um grande rebanho de gado com chifre, seguido de um negro todo frágil que se achava interessante. Ti-Jean o atordoou de palavras e pegou seu rebanho emprestado.

Um momentinho depois, o padrinho, que havia voltado à sua casa, tomava uma brisa na varanda enquanto os outros cavavam uma cova para a mãe dele. Ele escutou: Woo woo woo, e viu setecentas cabeças de gado com chifre descendo a encosta. Não acreditou no que os seus olhos viram, pois, atrás deles, assoviando de prazer, quem vinha era Ti-Jean. Atravessando o mar de chifres, o *béké* encontrou seu afilhado e disse: "Ô, é você ou não é você? É você ou não é você que eu acabei de afogar no horizonte...?". "Bom dia, padrinho", disse Ti-Jean. "An sôti lorizon, Estou voltando do horizonte..."

O *béké* quis saber a quem pertencia um rebanho de animais tão bonitos. Ti-Jean explicou que os trouxera de volta do horizonte, e lamentou não ter sido jogado mais longe, pois teria trazido vinte e dois rebanhos do mesmo modelo. O horizonte, disse ele ao *béké* abestalhado, era um campo de rebanhos dóceis, com grande necessidade de um senhor e um chicote para guiá-los. Ele, Ti-Jean, tinha somente um desejo: voltar para lá. "Ô, meu afilhado", gemeu o *béké*, "me leve para o horizonte, um rebanho como esse é de uma grande riqueza." E, antes que ele pensasse muito, Ti-Jean o enfiou num saco, o amarrou com a mesma palha de coqueiro e encheu tudo com rochas pesadas.

Chegando à beira-mar, pegou uma canoa e remou, remou, remou em direção ao horizonte. Impaciente, o padrinho perguntou: "Ainda está longe?". Quando parou de remar, Ti-Jean empunhou o saco e, de chacota, aconselhou o padrinho a escolher o mais belo gado. Depois, sem um nem dois, o jogou barco afora. Bluf! O saco afundou como madeira jatobá. Ti-Jean voltou diretamente ao engenho do *béké*, reuniu os negros dos campos, o branquinho gerente, os mulatos comendadores, alinhou toda a criadagem doméstica e lhes disse: "Meu padrinho foi dar uma volta na França, logo regressa, por enquanto, ele me pediu para dar uma olhada em tudo aqui". Nós acreditamos e obedecemos, a tal ponto que Ti-Jean se tornou o herdeiro provisório daquele que, no horizonte, buscava eternamente rebanhos invisíveis, tão perdido, a essa altura, que seus ossos não devem servir nem para esculpir um trompete.

Nanie-Rosette e sua boca macia

Senhoras e senhores, gula não é pecado, mas não me venham falar sobre isso, pois houve um tempo em que ela tinha o seu diabo, um diabo que ela atraía às proximidades de um glutão. Isso provocava um bocado de velhas desordens na terra: os negros de beiços macios se viam levados pelos beiços para as habitações do inferno, as mais maléficas. Dizem, modo de ilustrar o dizer, que uma mãe deu à luz a própria gula e a chamou de Nanie-Rosette. Nome muito bonito para uma calamidade cujo ventre era um abismo, a garganta era um rio, e a boca e os dentes, uma espécie de moinho. Em resumo, Nanie-Rosette adorava comer, sim. Ela comia por comer, sem necessidade de sentir fome. E quando sentia, inútil falar sobre isso, pois ninguém consegue descrever a voracidade com que assaltava as caçarolas, se jogava sobre os galhos de frutas e atacava todo tipo de doce.

O mais desesperador é que tudo isso parecia se perder: Nanie-Rosette não tinha uma dobra de gordura. Ela permanecia ao longo dos seus anos como a sombra de um barbante, e sua mãe, que lhe batia com frequência para acabar com o seu vício, sempre temia quebrá-la e perdê-la de vez. Por isso, depois de cada sova, ela lhe dava montes de bombons de consolo. E Nanie-Rosette comia, chupava, lambia, enquanto sua mãe se afligia ou chorava. Foi num dia de batizado que ela ultrapassou todos os limites. Antes mesmo que a anfitriã destampasse as panelas, Nanie-Rosette já havia se apossado de sua parte e da parte de dez outros. A mocinha fez um prato transbordando de guandu, fruta-pão, bacalhau frito, polvo apimentado, guaiamum ao molho, abacate esfarinhado e uma pilha de doces. Uma vez o assalto bem executado, foi preciso distrair a criançada concorrente e pedinchona, que cercava faminta e vigilante os fundos da cozinha. Então Nanie-Rosette partiu para fora, depois para mais longe do que fora, pois chegou a uma floresta onde nenhum lugar era bom: por aqui, as formigas choravam por uma mordida, por lá, as moscas e as abelhas imploravam uma chupada, aqui era um gato, acolá um cachorro. Nanie-Rosette logo alcançou o *fondoc* da floresta, isto é, o local mais distante da floresta, ali onde as árvores parecem mulheres velhas se lamentando na penumbra sem flores. Nesses lugares de eternidade ansiosa, Nanie-Rosette, muito à vontade, se sentou sobre uma rocha, uma grande rocha, muito bem encaixada, bem encaixada até demais, que os pássaros evitavam cuidadosamente. E eu ainda mais. Assim, muito bem sentada, Nanie-Rosette comeu até se fartar, e mesmo mais do que isso. Não viu nenhuma qualidade de ser vivo se aproximar dela e pechinchar uma mordida. Ela teria achado a vida bela, não fosse uma sede na garganta que a fez querer beber água. Então ela se viu enraizada à rocha. Ô péssimo negócio! Nossa mocinha não podia ir nem para a direita, nem para a esquerda, nem para cima, nem para baixo, e é por receio de uma tristeza insuportável que nem menciono as diagonais. Ela passou o resto do seu dia se contorcendo, enquanto o mestre-Sol recolhia sua luz para uma cerimônia de luto. Ao vê-lo partir, Nanie-Rosette fez o que todos nós fazemos em momentos de aflição: gritou uma prece à sua mãe. Felizmente, ela tinha uma, uma mamã da qualidade dessas varas que nunca se partem sob a pressão de uma mão pesada. "Mamã!", chorou Nanie-Rosette. A mamã, que já desbravava as florestas à sua procura, sentiu o chamado e, após andanças e caminhadas, chegou diante da grande rocha. De repente, ela gritou: "Roye, sé wôch dyab-la kila, Desgraça, é a rocha do diabo...!". Enquanto Nanie-Rosette aumentava a velocidade do seu pranto, a mamã tentou arrancá-la do encantamento. Ela puxou. Levantou. Tentou até virar a rocha, depois a floresta, finalmente toda a miséria do mundo. Nenhum desespero a deteve, a não ser o desvio do sol em direção a um horizonte de luto. Não lhe sobrava muito tempo, era preciso agir rápido. "Espéré mwen, Espere por mim, seja paciente", sussurrou à sua filha. Ela atravessou novamente a floresta, correu até a cidade e, num filete de tempo, viu ali trinta marceneiros, doze carpinteiros-quilombolas, cento e cinquenta e seis fixadores de pregos e um etcétera de aprendizes conscienciosos em matéria de ferragens e fortificações.

Todos, fechando suas lojas, deixando o trabalho equilibrado sobre a mansidão dos ventos, a seguiram pela floresta até as cercanias da rocha. Eram todos negros estranhos, com os olhos cheios da quimera dos silenciosos. Desde o primeiro olhar para Nanie-Rosette colada à rocha, tiraram do fundo secreto da caixa de ferramentas serrotes forjados sob a lua cheia, martelos com cabo de osso e cabeça de prata, pinos, fechos e pregos pequenos para canhotos. Exibiram longos machados que brilhavam com uma força interna, formões gigantes, enxós desconhecidos por aqui, riscadores, réguas, lápis e ferretes gravados com símbolos cabalísticos. Em seguida, andando de través, descobriram árvores estranhas cuja casca avermelhada, aberta em cruz, escondia tábuas e vigas, ripas e pilastras, vigotas, isso e aquilo outro que eles levaram consigo assoviando preces. Logo, ao redor de Nanie-Rosette, um casebre foi construído, numa corrida contra a noite. As ferramentas mágicas funcionavam em silêncio, guiadas pela mão da experiência dos carpinteiros-marceneiros que espreitavam o sol. Nanie-Rosette se tornou o centro de uma estrutura que envolvia boa parte da rocha e que continha uma armação superior inconcebível que a entrelaçava por cima. A estrutura estava montada com encaixes de espiga, pinos e cavilhas, juntas de emenda, ranhuras e linguetas que forçavam a madeira a se soldar com perfeição. Ainda assim, acrescentaram generosas ferragens. E, sob o sol avermelhado, a estrutura foi parafusada, rebitada e fixada com reforços de metal, dando-lhe a aparência de uma ossatura invencível. Quando o sol esmoreceu num violeta fúnebre, a totalidade da estrutura já havia ganhado divisórias e um teto. Eles embutiram uma porta espessa como um dorso de boi, que os serralheiros reforçaram com treze dobradiças, treze ferrolhos, treze trancas e a mais poderosa das fechaduras comuns, com trava lateral e chave tetra. A mamã deu a chave à Nanie-Rosette e insistiu: "Ma fi, pas fè bétiz, Não faça besteira". Disse também que ela não devia abrir para ninguém, exceto na hora em que a sua própria voz, sua voz de mamã, cantasse para chamá-la. Preocupados com a primeira sombra, os carpinteiros-marceneiros a levaram para longe daquela rocha imunda.

Era, vocês adivinharam, a rocha do diabo das gulodices, lugar de banquetes para lobisomens, vampiros e vorazes *agoulous* alados. Eles passavam noites ali, comendo coisas fritas em óleo de gordura de cobra. Bebiam água turva recolhida no fundo dos cemitérios. Essa alimentação os fazia brilhar na hora das noites sem lua, e essas tristes existências se imaginavam, por breves instantes, filhos naturais de estrelas ou de vagalumes. Naquela noite, chegaram fazendo alarde, com barulhos de asas e cascos que Nanie-Rosette escutava tremendo através das paredes. Ela podia ouvi-los se chocando uns contra os outros, escutava seus grunhidos inacreditáveis e o arranhar de suas garras. Eles giravam em torno do casebre antes de pousarem com todo o seu peso sobre o telhado, que pisoteavam sem trégua. Logo ressoou o asqueroso grunhido do diabo das gulodices. Ele chegava trazendo víveres dos quais é melhor nem falar. Seu espanto se traduzia em uivos, assovios e latidos de cães marcados a ferro, como se uma fauna brigasse em sua garganta. Às vezes, ele se calava. Então Nanie-Rosette podia ouvir sua respiração enquanto ele examinava as juntas do casebre. Ele guinchava, como um gato velho e doente, e depois voltava a zurrar quando uma fresta deixava passar o cheiro doce da mocinha. Essa companhia infernal embarcou numa grande discussão. Rajadas de insultos. Promessas. Prantos. Ruídos de amizades rompidas, de estômagos contrariados. O diabo das gulodices às vezes trupicava em direção ao casebre, o chicoteava com sua cauda, enfiava nele todos os seus chifres, voava por tudo que é lado para desabar com palavras infernais sobre as fachadas e o telhado. Abandonado por seus amigos, ele se viu solitário ao pé de sua rocha perdida, olhando-a (imagino eu) com uma melancolia infernal. Ao amanhecer, ele permaneceu no local, camuflado à sombra de uma árvore embolorada que havia sido amada por um raio. Ao canto do suiriri-cinza, a mamã reapareceu, escoltada por pessoas da comunidade numa grande agitação. Os carpinteiros-marceneiros se puseram a ajustar a obra, uma tábua aqui, um bendito parafuso acolá. Abades se ajoelharam em torno da rocha e adormeceram ali mesmo, com sonhos de preces. Mais à frente, xamãs e pessoas de magia especialistas em contrafeitiços semearam com gestos solenes estilhaços de encantamentos. Uma multidão carregando cruz e rosários cercava o local com um anel de fervor. Para que a porta lhe fosse aberta, a mamã cantou:

Nanie-Rosette mwen di'w
Nanie-Rosette dita Rosette dita Rosette
Sé mwen Nanie

Bagui di, bagui di, quin!
Sé mwen Nanie, dita Rosette.

No primeiro canto, Nanie-Rosette puxou os treze ferrolhos. No segundo, liberou as treze trancas. No terceiro, destravou a poderosa fechadura e abriu a porta. A mamã a beijou, todas a beijaram. A mamã lhe ofereceu algo para comer, todas lhe ofereceram algo para comer. Ela comeu com um apetite voraz enquanto penteavam seu cabelo em lindas tranças. O dia transcorreu com conselhos e consolações. Uma tal cantava para ela *biguines* esquecidas. Tal outra lhe oferecia espelhos delicados e perfumes de uma ilha inglesa. Uma fulana, que voltava da Europa, lhe contava os dissabores e deslumbres de uma garota cinderela. Na hora das noites, após inúmeras tentativas de desprendê-la do mineral, elas partiram levando junto a mãe. O diabo, a uma mão de lá, com orelhas de auriflama, não perdeu nada da situação, e gargalhava no fogaréu de sua barba. Julgando ter entendido o caso, ele jorrou do seu esconderijo na primeira sombra. Cantou "Nanie--Rosette mwen di'w", e cantou novamente, mil vezes sem que nenhum ferrolho, nenhuma trava ou fechadura tremesse. O diabo das gulodices entendeu que não era um bom momento. Então deixou a noite correr até antes do amanhecer, bem antes do retorno da mãe, e cantou "Nanie-Rosette mwen di'w", e cantou novamente, sete mil vezes sem suscitar um ruído no interior do casebre.

Quando a mamã chegou, e a porta se abriu flap ao som de sua voz de mamã, o diabo das gulodices compreendeu: sua voz era muito gordurosa, muito grossa, muito rouca e rangida, com muitas ressonâncias de cavernas, com o crepitar de muitos fogos. Enquanto cada um escutava Nanie-Rosette contar a sua noite, mestre-diabo saiu desembestado e tomou carreira rumo ao povoado quase deserto. No caminho, colocou um grande chapéu *bakoua*, apertou seus cascos em botas santiago e cobriu sua pelagem com um remendo de lençol. No povoado, seguiu para o bairro Crochemort, lugar de ancoragem de alguns negros da floresta, taciturnos e insolentes. Seus olhos haviam visto tanto que eles já não distinguiam sonho de realidade. E suas ilusões eram tão raras que eles já não questionavam nem a si mesmos, nem a ninguém. Entre eles trabalhava um negro cujo talento forjava o ferro, de dia como de noite, com chama e martelo. O diabo das gulodices lhe disse: "*Tudieu*, compadre! Bata na minha língua e deixe-a bem fina... Devo cantar em núpcias esta noite, preciso de uma voz macia... Trinta mil moedas no fim!". O negro dos ferros, sem uma palavra, empunhou um enorme martelo, depois desenrolou a espessa língua do diabo. Vendo-a tal como vocês a imaginam, ele piscou as pálpebras, escutou crescer quatro fios de cabelo branco, mas não disse palavra. Começou a bater na língua e a bater na língua novamente, até não poder mais. Isso durou o dia inteiro, a noite inteira. Ao canto do pipiri, depois de pagar, o diabo das gulodices voou sem escala em direção à sua rocha. Em frente ao casebre, santuário de Nanie-Rosette, ele engoliu alguns melros para ganhar coragem, depois cantou "Nanie-Rosette mwen di'w", e cantou novamente, sem que nenhum clak-clak despertasse ferrolhos, travas e a fechadura. Tudo permanecia fechado, tão fixo como pregos. Nessa hora, nosso diabo não hesitou nem um pouco. Medindo com um olho a altura do sol, ele soube que tinha tempo antes do retorno da mãe. O tempo de lhes contar que ele pousou seu voo no bairro Crochemort, na casa do negro dos ferros, gritando: "Por Deus! Meu negro, minha voz não ficou macia o bastante, deixe a minha língua fina como uma folha de papelão, não, como uma folha de papel... Sessenta mil tostões pela trabalheira!". Sem uma ou meia volta, o negro dos ferros tirou a camisa, aqueceu seu melhor fogo, depois bateu na língua do diabo numa loucura total de martelo tanque! tanque! tanque! suando como um algoz em confissão. A língua logo se assemelhou às folhas apergaminhadas de bananeiras mortas de sol.

Quando foi pagar, o negro dos ferros lhe aconselhou: "Tention boug, pa valé ayen douvan lè bay la vwa'w, Prudência meu cabra, não coma nada antes de cantar!". Mas o diabo das gulodices já voava em direção à rocha das desgraças. No local, saboreando a inevitável vitória, ele tomou o tempo de se acocorar, limpar o suor e devorar (ao modo de iguarias) os alimentos rançosos da noite fracassada, entrepostos à sombra de um pé de pimenta *tété-négresse*. Foi então com a garganta engordurada que ele cantou "Nanie-Rosette mwen di'w", e cantou novamente, em vão. "Minha voz ainda está muito grossa", pensou. Colhendo punhados de folhas grandes, ele raspou a gengiva e o lábio (é por isso que, nos dias de agora, há tanto mato gorduroso que cresce em nossos bosques). Ao longe, ecoando através dos bambus, ele ouviu o passo da mamã que voltava para casa em disparada na companhia dos outros. A garganta apurada, ele desenrolou sua língua fina e cantou:

Nanie-Rosette mwen di'w
Nanie-Rosette dita Rosette dita Rosette
Sé mwen Nanie Bagui di, bagui di, quin!
Sé mwen Nanie, dita Rosette.

No primeiro canto, Nanie-Rosette puxou os treze ferrolhos. No segundo canto, liberou as treze travas. Mas, no terceiro canto, como o diabo não havia resistido à gulodice de engolir uma borboleta, ela percebeu em sua voz o odor de queimado dos infernos. E a fechadura permaneceu muda enquanto Nanie-Rosette recolocava ferrolhos e travas. O diabo das gulodices se irritou. Ele recorreu ao mais covarde dos truques. Das magias de sua barriga emanaram cheiros de pão quente, aromas de pimenta, perfumes de guisados, de ensopados, de carne grelhada ao molho crioulo, de carne salgada com feijão, o tilintar de sorveteiras e formas de bolo. Clak clak clak! Nanie-Rosette empurrou os ferrolhos, liberou as travas e, com a cabeça tomada por seu vício (sem sequer supor que sua mamã não encontraria nem rastro dela e que, à noite, *agoulous* e lobisomens fariam um grande banquete), ela abriu a fechadura e escancarou a porta.

Um mar de ideias à margem do texto

Edimilson de Almeida Pereira

A presente edição brasileira de *Contos dos sábios crioulos*, de Patrick Chamoiseau, em tradução primorosa de Raquel Camargo, reacende, sob a névoa contemporânea de signos em profusão, o fulgor e o mistério de narrativas geradas num passado tão distante quanto atual em suas formas de opressão e resistência. Conhecido pelo trabalho de crítica, em que a história das culturas colonial e anticolonial do Caribe se entrelaçam em processos de negociação e conflito, Chamoiseau remodela, nesta coletânea de contos populares, a teoria do grito desenvolvida em parceria com Raphaël Confiant no livro *Lettres créoles*.[1] Em ambas as obras, a palavra e o silêncio são o ponto de partida para a análise das tensões culturais caribenhas. Neste caso, a palavra que ressoa vem dos corpos oprimidos e resistentes dos escravizados e seus descendentes, e o silêncio, onde as modulações da palavra são mais bem percebidas, aflora na sensibilidade de Chamoiseau.

Como ressalta o pesquisador cubano Benítez Rojo, em *La isla que se repite*,[2] o navio que transportou escravizados do continente africano para diferentes regiões do mundo pode ser visto como uma "máquina de cultura", não obstante

[1] Patrick Chamoiseau e Raphaël Confiant, *Lettres créoles: tracées antillaises et continentales de la littérature*, Paris, Gallimard, 1999.

[2] Antonio Benítez Rojo, *La isla que se repite*, Barcelona, Editorial Casiopea, 1998.

a tragédia abominável do tráfico. No ínterim das viagens, com idas e vindas entre os continentes, centenas de milhares de indivíduos negociaram a vida e a morte, valendo-se do substrato comum à sua humanidade, ou seja, os instrumentos culturais — idiomas, gestos, cantos, danças, sensações, narrativas — postos como diferença de uns em relação a outros.

Foi nessa condição tensionada das vivências culturais que Chamoiseau e Confiant apreenderam o grito alçado das plantações sustentadas pelo trabalho compulsório. Mais do que ruídos que a vigilância colonial procurou reprimir, o grito (à maneira da sonoridade onomatopeica das populações rurais afro-brasileiras e dos *hollers*[3] negros no sul dos Estados Unidos) se configurou como uma prática cultural relevante para os trabalhadores rurais do Caribe.

Em *Contos dos sábios crioulos*, Chamoiseau evidencia que a narrativa enunciada em tempo e lugar propícios, semelhante a um grito estendido, constitui-se como uma teia informacional. Tecida pelo diálogo entre formas e conteúdos variados, os contos realçam a importância política e social do sujeito que os articula e compartilha com a comunidade. Em função disso, a eficácia daquilo que é narrado sustenta-se nas inflexões de corpo, voz e memória acionadas pela *performance* do *paroleur* e/ou contador.

O *paroleur* lança mão do canto e da fala, do poema e da narrativa para revelar uma visão de mundo que reitera a tragédia do navio de captura e, simultaneamente, ultrapassa seu sopro de morte. Ao cerzir os fragmentos culturais gerados pelo deslocamento, o *paroleur* desenha uma vestimenta imprevista e celebrativa, sob a qual vigoram aspectos etiológicos (que abrem as portas tanto da realidade quanto do *non-*

[3] Segundo Roberto Muggiati, "gritos de entonações estranhas que cortavam os céus do Novo Mundo como uma espécie de sonar", in *Blues: da lama à fama*, São Paulo, Editora 34, 1995, p. 9.

sense) e políticos (que denunciam e contestam a violência contra os menos favorecidos socialmente).

Em termos estilísticos, o *paroleur* faz da palavra um móbile que se molda às exigências do fato real ou fictício a ser narrado. Por isso, mais do que alguém que repete o que foi ouvido, o *paroleur* se revela um sujeito de invenção do fato e da linguagem. Vale-se, como afirma Chamoiseau, da "fala inútil". Todavia, onde lemos "fala inútil", porque se trata de "uma fala de pássaro" (ver o conto "A mais bonita está embaixo da cuba" — uma espécie de versão caribenha de "Cinderela"), é preciso detectar um jogo narrativo recorrente em histórias orais de outras procedências. Ou seja, para dizer o que o humano não diria, o *paroleur* faz da "fala inútil" seu *alter ego*. Desse modo, no conto citado e nos demais, a voz do narrador, por vezes transmutada em voz de pássaro ou de outros seres, nos permite ver nas culturas populares e afrodiaspóricas as normas sociais, os padrões estéticos e as expressões de violência que as tornam tensionadas e contraditórias.

Alguns desses aspectos presentes na tessitura geral das narrativas orais e, particularmente, em *Contos dos sábios crioulos* são:

— a incorporação da violência do opressor no discurso humorístico ou moralista do oprimido: "Armansia, negrinha desengonçada, de olhos pequenos, boca pequena e orelhas pequenas, mas com o maior dos piores temperamentos. Isso, como bem se sabe, favorece as espinhas e não contribui muito para a beleza" (em "A mais bonita está embaixo da cuba");

— a contextualização da vida nas Antilhas: "A bela senhora bebeu, comeu, dançou quadrilha martinicana" (em "A mais bonita está embaixo da cuba"); "Então prosseguiu com quadrilhas, *hautes-tailles*, *biguines* atrevidas, calipsos sensuais e até, já no fim, calindas e batucadas" (em "Um caso de casamento");

— o vínculo com o sagrado: "Eu, na Sexta-feira Santa, fico em casa bem-comportado..." (em "Glan-glan, o pássaro cuspido");

— a hipérbole como recurso para exprimir a relação entre a realidade (fome/violência) e o imaginário (magia/medo): "E sussurrou com uma voz malévola (como já havia feito antes setecentas e sete vezes, seis mil vezes e cento e sete vezes mais): 'Se você não pronunciar meu nome, vou te comer aqui mesmo...!'" (em "A Madame Kéléman);

— o caráter lúdico da linguagem: "Montada a cena, ele mergulhou no mais profundo dos sonos, aquele que fingimos" (em "Ti-Jean horizonte");

— a relação complementar entre o humano e a natureza: "Uma bela manhã, a velha senhora partiu floresta adentro. Ia a pequenos passos colher galhos de campeches, alimento das boas fogueiras" (em "Uma semente de jerimum");

— a linguagem lúdica sustentada pelas metáforas: "Ô, a calamidade exibiu os mais belos dentes" (em "O Homenzinho músico").

A publicação de *Contos dos sábios crioulos* reitera a importância do registro etnográfico como mediador entre diferentes temporalidades e práticas culturais. Em vista disso, Chamoiseau colabora para a organização de um "cânone" de narrativas orais que entrecruzam aspectos culturais de caráter local e global. A análise das convergências e divergências entre grupos sociais diversos, incluindo as vozes críticas de seus integrantes, é fundamental para a articulação de uma ordem mundial colaborativa e democrática. Por isso, é importante ver a tessitura das narrativas orais como uma prática transnacional decorrente de um ideário em que o popular interpreta os modelos culturais dominantes sob a ótica dos sujeitos menos favorecidos. Ou seja, apesar da violência imposta, comunidades e indivíduos arquitetam estruturas de narrativas que, embora situadas à margem politicamente, são imprescindíveis para o *design* antropológico do que conhecemos, até hoje, como humanidade.

A relevância política e estética desse fato é atestada pelas coletâneas similares publicadas em várias partes do mundo e associadas à genealogia da nacionalidade, como se observa no título das coletâneas *Contos populares portugueses*, *Contos populares russos* etc.[4] No panorama brasileiro, a edição de Chamoiseau instiga a releitura crítica de trabalhos desenvolvidos sob a perspectiva dos chamados estudos de Folclore. Livros como *O folclore no Brasil*, de Basílio de Magalhães, *Estudos de folclore*, de Fausto Teixeira, *História do Brasil na poesia do povo*, de Pedro Calmon, *Guia do folclore gaúcho*, de Augusto Meyer, *Antologia do folclore cearense*, de Florival Seraine, entre outros,[5] constituem um acervo valioso para a análise de temas relativos às tensões étnico-raciais, aos conflitos no campo, às mudanças socioeconômicas nas várias regiões brasileiras etc. A releitura crítica já presente em obras como *Conto popular e comunidade narrativa*, de Francisco Assis de Sousa Lima, e *O artesão da memória no Vale do Jequitinhonha*, de Vera Lúcia Felício Pereira,[6] revitalizou o interesse pelo *corpus* de nossas narrativas orais

[4] Consiglieri Pedroso, *Contos populares portugueses*, 3ª ed. revista e aumentada, Lisboa, Vega, 1985; José Viale Moutinho (org.), *Contos populares russos*, São Paulo, Princípio, 1991.

[5] Basílio de Magalhães, *O folclore no Brasil*, org. João da Silva Campos, Rio de Janeiro, Imprensa Nacional, 1939; Fausto Teixeira, *Estudos de folclore*, Belo Horizonte, João Calazans, 1949; Pedro Calmon, *História do Brasil na poesia do povo*, nova ed. aumentada, Rio de Janeiro, Bloch, 1973; Augusto Meyer, *Guia do folclore gaúcho*, Rio de Janeiro, Presença/INL/IEL-RS, 1975; Florival Seraine, *Antologia do folclore cearense*, Fortaleza, Editora UFC, 1983.

[6] Francisco Assis de Sousa Lima, *Conto popular e comunidade narrativa*, Rio de Janeiro, Funarte/Instituto Nacional do Folclore, 1985; Vera

ao demonstrar quanto da complexidade cultural das comunidades rurais — também chamadas de tradicionais — tem sido negligenciado ao longo da história do país.

No panorama da afrodiáspora, as narrativas orais representam o tensionamento entre a busca de diálogo em meio às identidades esgarçadas pelo tráfico transatlântico (subjacente a isso está o fato, por vezes incômodo, de que nem todos os sujeitos afrodescendentes no mundo têm de, obrigatoriamente, se reconhecer como partícipes de uma mesma comunidade) e a explicitação de particularidades locais (condição em que, na constelação afrodiaspórica, os sujeitos se interessam por reforçar suas heranças nacionais e regionais mais do que sua transnacionalidade).

Essa dupla, e nem sempre evidente, articulação do pertencimento permeia a coletânea de Chamoiseau: nela é possível encontrar as especificidades do *paroleur*, suficientes para diferenciá-lo do cantopoeta brasileiro, conforme demonstrado nos estudos *Ouro Preto da Palavra* e a *A saliva da fala*.[7] Uma distinção imediata decorre dos territórios linguísticos a serem confrontados e reinventados. Das tramas envolvendo o francês, o português — não obstante a origem neolatina comum dos dois idiomas — e as línguas de matriz africana em causa, emergem formas escritas e sonoras próprias. Todavia, no tecido cultural da afrodiáspora, há pontos de tangência entre o *paroleur* e o cantopoeta, a exemplo da parceria entre o narrador e a plateia, o exercício da *perfor-*

Lúcia Felício Pereira, *O artesão da memória no Vale do Jequitinhonha*, Belo Horizonte, Editora UFMG/Editora PUC-Minas, 1996.

[7] Edimilson de Almeida Pereira e Núbia Pereira M. Gomes, *Ouro Preto da Palavra: narrativas de preceito do Congado em Minas Gerais*, Belo Horizonte, Editora PUC-Minas/Mazza Edições, 2003; Edimilson de Almeida Pereira, *A saliva da fala: notas sobre a poética banto-católica no Brasil*, São Paulo, Fósforo, 2023.

mance narrativa à margem do sistema dominante, a alquimia de signos linguísticos e conteúdos sagrados e profanos, o tensionamento entre realidade histórica e projeções do imaginário e a centralidade da palavra no processo de ensino e aprendizagem de valores socioculturais.

Por fim, os *Contos dos sábios crioulos* chamam a atenção para a intrincada relação que caracteriza o processo de coleta e reapresentação das narrativas orais. Isso ocorre na medida em que o autor coloca em diálogo suas perspectivas estéticas com as das fontes orais, também elas afetadas pela verossimilhança na construção da narrativa, como se vê em "Aqui vai a história do negro Yé, que Lafcadio Hearn escutou" (em "Yé, senhor da fome").[8] Do tensionamento entre a narrativa oral e sua representação escrita, resulta uma dimensão polissêmica que acentua a diversidade de sentido de ambas as versões.

No prefácio da coletânea, Chamoiseau deixa transparecer que a condição de *mise en abyme* transforma o risco de dispersão das narrativas orais em um traço fundamental para sua transmissão e reinvenção. Em outros termos, aquilo que se narra com o sopro da palavra é, ao mesmo tempo, aquilo que se perde. Para ultrapassar esse desígnio e recuperar a palavra, o *paroleur* e outros narradores capturam fragmentos, nuances, perspectivas da "grande história" e a reconstituem continuamente. Nesse fluxo, as versões são seme-

[8] Lafcadio Hearn, jornalista e escritor, nasceu na ilha grega de Lêucade em 1850, filho de pai irlandês e mãe grega. Aos dezenove anos emigrou para os Estados Unidos, onde, apesar das leis que proibiam o casamento interracial, esposou em 1874 a afrodescendente Mattie Foley. Em Nova Orleans, ele começou a se interessar pela cultura crioula e, de 1887 a 1889, residiu na Martinica, onde escreveu seu primeiro romance, *Youma: The Story of a West-Indian Slave* (1890), e registrou diversas narrativas orais de contos crioulos. Como correspondente de jornal, em 1891 foi enviado ao Japão, onde se radicou e veio a falecer, em 1904.

lhantes e diferentes entre si, mas, por conta do pacto social firmado entre *paroleur* e plateia (narrador e ouvinte), cada história é a História, cada conto é o Conto exatamente no momento em que é enunciado e partilhado.

Ao assumir a palavra "ali onde" os paroleiros "a deixaram, tão livre e infiel" como eram eles mesmos, o coautor de *Lettres créoles* realça, por um lado, a necessidade de uma relação horizontal no trato entre as diferentes estruturas socioculturais e, por outro, o entendimento da literatura, em seus diferentes suportes, como um canal de abordagem das tramas sociais e dos labirintos do imaginário. É, portanto, sob a lógica de não exclusão das experiências do Outro, seja ele dos séculos XVII-XVIII ou da contemporaneidade, que as culturas estabelecem diálogos, mesmo no horizonte dos conflitos. Os *paroleurs* e Patrick Chamoiseau, com seus estilos próprios de narrar, nos estimulam a deslindar o enigma de ser em comunidade, apesar dos conflitos decorrentes dessa experiência. Se há um rastro a ser seguido nesse labirinto de histórias vividas e imaginadas, é como palavra que ele se revela aqui e ali, instando-nos aos deslocamentos, à busca, enfim, ao aprendizado da casa e do mundo.

Sobre o autor

Patrick Chamoiseau, nascido em 1953 em Fort-de-France, Martinica, é uma das vozes mais importantes da literatura caribenha e figura central do movimento "creolité" (crioulidade). Graduado em Direito e Economia, exerceu a função de educador social na França e depois na Martinica. Interessado por etnografia e pelos trabalhos de Édouard Glissant, ele se debruça sobre a formas culturais em vias de desaparecimento de sua ilha natal, mas também sobre o dinamismo de sua língua materna, o crioulo, que precisou abandonar já na escola primária.

Em 1986, publica seu primeiro romance, *Chronique des sept misères* (Crônica das sete misérias), vencedor do prêmio internacional francófono Loys Masson e do prêmio Kléber-Haedens. Logo em seguida, em 1988, publica *Solibo Magnifique*, que dá nome ao personagem central, contador de histórias morto diante de seu público. É por meio da investigação desse possível assassinato que o autor se volta para a identidade martinicana e as práticas culturais do passado.

Em 1989, juntamente com Jean Bernabé e Raphaël Confiant, dois grandes nomes da literatura antilhana, escreve o influente manifesto *Éloge de la créolité* (Elogio da crioulidade), texto que revoluciona o pensamento caribenho e os estudos de crioulidade. Questionando diversos estereótipos, o livro se inspira nas teorias da negritude de Sédar Senghor e Aimé Césaire e vai ainda mais longe, reivindicando uma identidade caribenha pautada na mestiçagem cultural. Desde então, assinou diversos ensaios, notadamente *Lettres créoles* (Cartas crioulas, 1999), em colaboração com Raphaël Confiant, e publicou, com Édouard Glissant, *L'intraitable beauté du monde* (A intratável beleza do mundo, 2009).

Com *Texaco* (1992), publicado no Brasil pouco depois, recebe o prestigioso prêmio Goncourt. Formidável épica martinicana, o romance retrata as esperanças e os sofrimentos de três gerações de martinicanos que viveram sob o regime de escravização. É por meio das memórias de Marie-Sophie Laborieux, fundadora do bairro Texaco, símbolo da resistência aos "*békés* do petróleo", portanto, ao poder colonial, que cento e cinquenta anos de história da Martinica é contada aos leitores.

Conhecido sobretudo por seu trabalho com a língua crioula, Patrick Chamoiseau é também considerado o fundador de um novo estilo linguístico. Valendo-se da noção de "opacidade" — tomada de empréstimo de Glissant —, ele emprega uma linguagem acessível aos leitores francófonos, mas com elementos próprios à língua crioula. É, por exemplo, o que faz nesta coletânea de contos caribenhos *Contes des sages créoles* (Contos dos sábios crioulos, 2018), ao emprestar sua voz aos contadores crioulos das noites nas plantações.

Após a publicação de vários outros romances e ensaios, Chamoiseau retorna com *Le conteur, la nuit et le panier* (O contador, a noite e o balaio, 2021), que problematiza sua identidade como escritor, sua memória íntima, mas também os principais desafios da literatura contemporânea pelo prisma do "mestre da Palavra", um contador crioulo que se transmuta em herói.

Paralelamente, compromete-se com as grandes causas humanitárias. Em maio de 2017 publica *Frères migrants* (Irmãos migrantes), ensaio poético e manifesto que capta a urgência de um mundo onde a decência e a humanidade são cada vez mais raras. Nele assume a defesa dos migrantes que deixam seus países em guerra e são maltratados pelas sociedades ocidentais, que os relegam às margens.

Em seu mais recente livro, *Que peut Littérature quand elle ne peut?* (O que pode Literatura quando ela não pode?, 2025), nomeando uma a uma as principais opressões contra palestinos, tibetanos, uigures, tutsis, curdos, ucranianos, haitianos, sírios, povos originários das Américas, povos-nação apagados nos territórios ultramarinos franceses, Chamoiseau faz uma aposta na literatura, em seu poder de acolher a alteridade e de construir relações. É indo ao encontro do outro, de sua cor de pele, sua fala, seu país e suas especificidades que Chamoiseau se posiciona novamente no mundo. Em franco diálogo com Aimé Césaire e seu *Cahier d'un retour au pays natal* (Diário de um retorno ao país natal, 1939), reivindica a potência do "poético" como dispositivo capaz, em sua inventividade infinita, de desenhar novos mundos e novos possíveis.

Sobre a tradutora

Nascida em João Pessoa, em 1987, Raquel Camargo é tradutora, editora e pesquisadora. É doutora em Letras pela Universidade de São Paulo (USP), com estágio doutoral na Sorbonne Université. Em sua tese, dedicou-se ao estudo de transferências linguístico-culturais que permeiam a atividade tradutória, com foco no romance *Là où les tigres sont chez eux*, de Jean-Marie Blas de Roblès. Como tradutora, trabalha prioritariamente com literatura africana francófona e literatura contemporânea francesa, tendo traduzido, no Brasil, autores como Patrick Chamoiseau, Gaël Faye, Abdellah Taïa, Scholastique Mukasonga, David Diop, Françoise Vergès, Monique Wittig e Pauline Delabroy-Allard, entre outros.

Este livro foi composto em Sabon,
pela Franciosi & Malta, com CTP
e impressão da Edições Loyola em
papel Pólen Natural 80 g/m² da Cia.
Suzano de Papel e Celulose para a
Editora 34, em maio de 2025.